담장을 넘은 소녀

오늘의
청소년
문학
37

김미승 지음

남장 시인 김금원의 나 홀로 여행기

남장을 넘은 소녀

다른

당돌한 아이

"앗!"

금원은 손가락을 입으로 가져가 호 불었다. 바늘에 찔린 검지에 핏방울이 맺혔다. 벌써 같은 곳을 몇 번이나 찔렸다.

"쯧쯧."

곁에서 지켜보고 있던 할머니가 못마땅한 표정으로 혀를 찼다.

"수틀이 비틀어졌나?"

금원은 겸연쩍은지 수틀을 앞뒤로 뒤집어 보며 툴툴거렸다. 색이 채워지다 만 모란꽃이 시든 것처럼 생기가 없다. 금원은 진땀을 빼며 한 시간이 넘게 수를 놓고 있다. 물론 평소에 하지 않던 일이다.

"정신이 딴 데 가 있으니 그런 게지. 여자란 모름지기……."

"참, 경춘이한테 일러 줄 게 있는데 깜박했네. 할머니, 얼른 좀 갔다 올게요."

금원은 후다닥 방을 나왔다. 이 순간을 놓치면 꼼짝없이 반나절은 할머니의 잔소리를 듣고 있어야 한다.

"저, 저 선머슴 같기는. 쯧!"

할머니의 혀 차는 소리가 방문 틈으로 따라 나왔다.

집안이 몰락했어도 양반가의 콧대 높은 안방마님인 할머니는 아들의 소실 집에 발걸음을 자주 하지 않았다. 많아야 일 년에 두어 번. 그런데 오늘 연통도 없이 들이닥쳤다.

방으로 허둥지둥 들어오는 금원을 보고 동생 경춘이 놀란 표정을 지었다. 벌써 끝났느냐는 뜻이다. 금원은 고개를 절레절레 흔들며 털썩 주저앉았다.

"말도 마. 잔소리가 막 시작되려는 찰나에 네 핑계 대고 도망쳐 나왔어. 차라리 경서 한 권을 베껴 쓰는 게 낫지, 휴."

금원은 방바닥이 꺼지도록 한숨을 내쉬었다.

"언니는 어려서부터 몸이 약하다고 집안일 안 가르치고 글공부만 시켜서 그래."

경춘이 언니에게 곱게 눈을 흘겼다.

"바느질은 너무 재미없어. 왜 이 나라는 여자는 밥 짓고 바느질하는 것만 미덕으로 삼는지 몰라. 우리도 사내들처럼 글공부를 잘할 수 있는데 말이야, 너무 불공평해!"

"맞아, 나도 언니처럼 책 보는 게 더 좋아."

"그래도 넌 나처럼 손가락을 바늘에 찔리진 않잖아. 아이, 아파.

이러다간 손가락이 벌집이 되겠어."

금원은 바늘에 찔린 손가락을 들어 보이며 호들갑을 떨었다.

"골무를 끼고 하지."

"꼈어. 그런데도 바늘이 내 손가락을 잘도 찾아 콕콕 찌른단 말이야."

"아이참!"

경춘이 금원의 손가락을 호 불어 주었다. 금원은 친구 같은 동생 경춘이 있어 참 좋았다.

"언니, 본가 할머니가 갑자기 왜 오셨을까? 다녀가신 지 얼마 안 됐는데."

"그러게. 그런데 어머니는 어딜 가셨나?"

아까부터 계속 어머니가 보이지 않았다.

"급히 어디 좀 다녀온다고 나가셨어. 할머니 심부름인가?"

할머니는 생각보다 빨리 본가로 돌아갔다. 잔소리를 듣지 않아 좋기는 했지만 금원은 왠지 기분이 씁쓸했다. 할머니가 다녀가는 날이면 매번 그랬다. 할머니와 손녀딸 사이인데도 여느 집처럼 살가운 사이가 아니었다.

금원의 어머니는 소실이다. 기녀였던 어머니는 양반인 아버지의 첩이 되어 금원과 경춘을 낳았다. 이렇게 양반과 천민 여성 사이에서 태어난 딸을 '얼녀'라고 부른다. 본가에는 본처와 본처 소생 자식들이 있다. 아버지는 총명한 금원을 무척 사랑했다. 몸이 약한 금원에게 바느질을 비롯한 집안일을 익히는 대신 글공부를 할 수 있게 허락한 것도 아버지였다. 또한 가끔 집에 들를 때마다 금원과 경춘의 글공부를 살펴봐 준다.

저녁상을 물린 뒤 어머니가 금원을 따로 불렀다. 어머니는 등잔불 아래서 바느질을 하고 있었다. 아버지가 입을 새 옷을 짓고 있다. 아버지는 어머니가 지은 새 옷을 입고 손님처럼 머물다 바람처럼 떠나곤 했다.

"할머니께서 무슨 말씀 하시더냐?"

어머니가 바느질감에서 눈을 떼지 않은 채 물었다.

"할머니 말씀이야 만날 뻔하죠. 여자가 해야 할 도리니 뭐니 하시면서 쯧쯧, 혀를 차고는 찬바람 일으키며 가시잖아요."

금원은 뾰로통 입을 내밀고 대답하다 아차 싶어 얼른 어머니를 쳐다보았다. 어머니 또한 할머니와 크게 다르지 않기 때문이다. 집안일을 배울 생각은 하지 않고 책만 가까이하는 금원을 어머니는 늘 걱정스럽게 바라보던 터였다. 그런데 이번에는 아무 반응이 없었다. 등불에 비친 어머니의 얼굴에 수심이 가득했다.

"어머니, 무슨 일 있으세요?"

어머니는 대답 대신 금원을 빤히 쳐다보았다. 무슨 일이 있는 게 분명하다.

"네 나이가 올해 몇이더냐?"

"제 나이요? 이제 열넷이 되었지요. 설마 제 나이를 몰라서 묻는 건 아니실 테고……."

무슨 말을 하려고 그러는지 금원은 느닷없이 나이를 묻는 어머니의 물음에 긴장이 되었다. 목구멍으로 침이 꼴깍 넘어갔다.

"그렇구나, 휴!"

어머니가 땅이 꺼질 듯이 한숨을 내쉬었다. 금원은 다음 말을 기다렸으나 어머니는 더는 말을 잇지 않았다. 금원은 한동안 아무 말 없이 앉아 있다가 물러 나왔다.

방으로 돌아왔지만 마음이 무거웠다. 오늘 잘못한 일이 뭐가 있나 되짚어 보았다. 할머니 눈에 차지 않는 바느질이나 자수 실력이야 어제오늘의 일이 아닐 터, 대체 어머니는 무슨 말씀을 하려던 걸까. 할머니가 갑자기 온 일과 연관이 있는 걸까.

경춘이 금원의 옆구리를 쿡 찔렀다.

"언니, 무슨 생각을 그리 골똘히 해? 어머니한테 지청구라도 들었어?"

"지청구라도 들었으면 차라리 낫겠다."

"그게 무슨 소리야?"

"어머니가 무슨 말씀인가를 할 듯했는데 안 하셨어. 얼굴에 수심만 가득하고. 무슨 일일까? 뭐 아는 거 있어?"

경춘이 고개를 저었다.

"어머니가 갑자기 내 나이를 물어보셨어. 몰라서 그런 건 아닐 테고……. 혹시 내가 금강산에 가고 싶다고 한 것 때문에 그러시나? 그래서 할머니도 오신 건가?"

"그건 아버지가 안 된다고 딱 잘라 말씀하셨잖아. 게다가 그 이야길 할머니께 하셨을 리가 없지. 할머니 성격 뻔히 아는데."

경춘의 말에 금원은 고개를 끄덕였다. 아버지의 성품으로 보아 그럴 가능성은 희박하다. 금원과 경춘이 얼녀이기는 하지만 아버지는 두 딸을 많이 아꼈다. 할머니께 꼬투리 잡힐 이야기를 일부러 할 분이 아니다.

금원은 손 베개를 하고 누워 천장을 망연히 쳐다보았다. 알 수 없는 불안감이 스멀스멀 올라왔다.

"언니, 금강산 유람은 이제 포기한 거야?"

금원은 정신이 번쩍 들었다.

"갈 거야. 언젠가는…… 꼭."

그 언제가 언제일지 모르지만 금원의 마음은 변함이 없었다. 금강산 유람을 생각하면 가슴 저 밑바닥에서 시원한 바람이 불어오는 것 같았다.

금원이 처음 금강산 유람을 하고 싶다고 말했을 때 부모님은 펄쩍 뛰었다. 예상한 반응이었다. 아무리 금원을 귀애하는 아버지라도 다 큰 딸자식을 밖으로 내놓지는 않을 터였다. 그러나 금원은 포기하지 않고 계속 졸라 댔다. 번번이 거절했지만, 가랑비에 옷 젖는다는 말처럼 부모님의 반응도 조금씩 변화가 있었다. 처음에는 천부당만부당하다고 펄쩍 뛰었지만, 왜 그런 생각을 하게 되었느냐, 금강산이 얼마나 험한 산인 줄 아느냐, 여자와 남자는 체력이 다르다는 둥 격렬했던 반대가 차츰 옅어졌다. 그것이 한 가닥의 희망이라고 여기며 금원은 유람을 포기하지 않았다.

"아버지가 허락을 안 하실 텐데 무슨 수로?"

경춘이 금원을 빤히 쳐다보았다. 이 고집쟁이를 어쩌나 하는 눈빛이었다.

"허락하실 때까지 계속 말씀드려야지."

"못 말려. 그런데 혼자 유람하는 게 가능할까? 그것도 여자가? 언니는 두렵지 않아?"

"솔직히 두려운 마음이 없는 건 아니야. 그렇지만 금강산을 내 두 발로 걸어서 올라 보고 싶은 마음이 몇백 배는 더 크니까. 다른 사람들도 가는데, 죽기야 하겠어?"

"그거야 사내들 얘기지."

"경춘아, 우리가 존경하는 윤지당 부인이 말씀하셨잖아. '하늘에서 받은 성품은 애당초 남녀의 차이가 없으니 여자로 태어나 성인의 경지에 이르기 위해 노력하지 않는 이는 자포자기한 사람이다'라고. 난 그분의 말씀을 믿어."

"치, 글공부를 게을리하지 말라는 거지 유람을 가라는 게 아니잖아."

"그동안 우리가 읽은 글을 생각해 봐. 가 본 적도 없는 곳을 예찬하는 글이나 만난 적도 없는 중국 성인의 말씀을 달달 외웠잖

아. 규방에 들어앉아서 하지 마라, 하지 마라 하는 예절이나 익히고. 마치 눈뜬장님 같아. 난 생생한 공부를 해 보고 싶어."

"생생한 공부?"

"송강 선생은 강원도를 돌아보면서 〈관동별곡〉을 썼고, 연암 선생은 청나라를 다녀와서 연행록을 쓰셨다지. 나도 내 눈으로 직접 금강산을 보고 생생히 느끼고 싶어. 그게 바로 공부지. 그리고 그분들이 남긴 것처럼 나도 시를 쓰고 싶어."

금원은 다짐이라도 하듯 힘주어 말했다.

"왜 그렇게 금강산에 가고 싶어? 금강산에 대해 알기나 해?"

"지난해 봄에 오신 어머니 동무분 기억나? 화방을 하신다는 분. 그분이 가져온 화첩을 봤어. 어깨 너머로 화첩을 훔쳐보다 깜짝 놀랐어. 겸재 선생이 그린 〈금강산도〉라는데, 보는 순간 머리를 한 대 맞은 느낌이었어."

"어땠는데?"

경춘이 호기심을 보이며 바싹 얼굴을 들이밀었다.

"뭐랄까. 한 번도 본 적이 없는 웅장함에 기가 눌렸다고 할까?"

"치, 한 번도 본 적이 없는데 어떻게 기가 눌려?"

경춘이 입을 비죽이며 눈을 흘겼다.

"그러게, 나도 왜 그럴까 곰곰 생각해 봤어. 그러다 문득 깨달았어."

"뭔데?"

"그건 내가 생각한 금강산의 모습이 아니었어. 흔히 보는 그런 산이 아니라 살아 움직이는 산이었어. 겸재 선생은 금강산을 그렇게 보았나 봐. 내가 책상 앞에 앉아 백 권의 경서를 본들 금강산에 한 번 오르는 것만 못하겠다 싶었어. 세상을 글자가 아닌 가슴으로 느껴 보고 싶어."

"어떤 그림인지 궁금하네."

"그날부터 절실한 목표가 생겼어, 금강산에 꼭 가 보겠다는."

"아무리 그래도 우리 여자들한테는 못 올라갈 나무야."

경춘이 언니를 타이르듯 말했다.

"못 올라갈 나무가 어딨어? 안 올라가니까 못 올라가는 거지."

금원은 팩 돌아누웠다. 자신을 이해하지 못하는 경춘이 원망스러웠다.

"우린 남자로 태어나지 못했잖아. 그러니까……."

경춘의 말에 금원이 벌떡 일어나 앉았다.

"그럼 내가 남자가 되면 되잖아."

"그게 무슨 뚱딴지같은 소리야. 언니가 어떻게 남자가 돼?"

"겉으로 남자면 되잖아?"

경춘의 눈이 휘둥그레졌다.

"남장을 하겠다는 거야?"

"별수 없잖아. 여자가 집을 나가 산천에서 즐기면 곧장 백 대에 처한다는 법이 시퍼렇게 살아 있으니."

"휴, 난 모르겠다."

경춘은 금원에게 손들었다는 듯 돌아누워 버렸다.

"내일 어머니께 다시 말씀드려 봐야겠어."

금원은 어머니께 금강산 유람에 대해 말씀드리기 위해 기회를 엿보았다. 여전히 어머니 얼굴에는 수심이 드리워 있었다. 어머니 주변을 맴돌았다. 장독대로, 샘가로, 부엌으로 따라다녔다.

"왜 그렇게 똥 마려운 강아지처럼 끙끙거리며 따라다녀? 할 말이라도 있는 게냐?"

어머니가 금원의 눈치를 살피며 물었다.

"저……."

"어서 말해 보려무나."

"잠시만 방에 들어가셔서……."

"무슨 얘긴데 그러느냐?"

방으로 들어간 금원은 어머니 앞에 다소곳이 앉았다. 결연한 의지를 보여 주기 위해 어머니 눈을 똑바로 쳐다보았다.

"금강산에 다녀오게 해 주세요."

"또 그 얘기냐? 안 된다고 몇 번을 말하더냐! 그 말이라면 더는 듣고 싶지 않다."

예상대로 어머니는 펄쩍 뛰었다. 그러나 오늘만큼은 금원도 순순히 물러서지 않을 작정이었다. 밤새 각오를 다진 터였다.

"어머니, 처음이자 마지막 소원이에요."

금원은 간절한 눈빛으로 어머니를 쳐다보았다.

"어찌 그런 가당찮은 꿈을 꾼단 말이냐. 금강산 유람이 어디 옆 동네 마실 가는 거라더냐?"

"너무하세요. 여자로 태어났으니 규방에 묻혀 화초처럼 조신하게 살아야 하나요? 이런 집안에 태어났으니 분수에 맞게 살다 이름도 없이 사라지고 말까요? 제가 그리 살기를 원하세요?"

울컥한 마음에 목소리가 커지고 말았다. 여느 때와 다른 딸의 태도에 어머니는 놀란 표정이었다. 말없이 금원을 바라보던 어머니의 눈가가 촉촉해졌다. 어머니가 무겁게 입을 열었다.

"어제 할머니께서 왜 오신 줄 아느냐? 내년에 널 혼인시켜야 하니 집안일을 단단히 가르치라고 단속하러 오신 것이다. 벌써 염두에 둔 혼처가 있는 눈치야."

금원은 날벼락이라도 맞은 듯 벌린 입을 다물지 못했다.

"여자 나이 열다섯이 되면……."

어머니가 뒷말을 흐렸다. 금원은 그 말이 무엇인지 알고 있었다.

"알지요. 열다섯 살이 되면 선택을 해야겠지요. 기생 명부에 이름을 올리든 혼인하여 어느 집 소실로 들어앉든."

금원의 원망 서린 말에 어머니가 시선을 아래로 떨어뜨렸다. 금원은 나랏법에 따라 어머니의 신분을 따라 기생이 되든지, 양반의 소실이 되어야 한다는 것을 알고 있었다. 그러나 그 일이 이렇게 빨리 눈앞에 닥치리라고는 생각하지 못했다. 그건 그냥 남의 이야기, 먼 이야기처럼 생각해 왔다.

"총명하고 재주 많은 너에겐 가혹한 일이지만, 운명이겠거니 하고 받아들이거라."

어머니가 저고리 앞섶을 문질렀다. 어머니는 가슴이 답답할 때면 습관처럼 앞섶을 문지른다. 그런다고 답답함이 가실 리 없을 텐데, 금원은 어머니를 슬픈 눈으로 바라보았다. 언젠가는 자기 모습이 될지도 모를 어머니의 모습.

금원은 생각을 떨쳐 버리기라도 하듯 고개를 세차게 저었다.

"저도 알아요, 제 운명을. 하지만 아무것도 해 보지 않은 채 등 떠밀리듯 가고 싶진 않아요. 저 스스로 고민하고 선택해 볼 자유를 갖고 싶어요. 그러니 허락해 주세요. 세상을 둘러보고 난 뒤에 선택하게 해 주세요, 네?"

딸의 간절한 바람을 듣고 나니 더는 매몰차게 말할 수 없었는지 어머니는 한숨만 내쉬었다.

"아버지가 허락하지 않으실 게다."

한참 뒤 어머니가 입을 열었다. 순간 금원의 눈이 반짝 빛났다. 어머니의 말에는 반승낙의 의미가 들어 있었다.

"어머니가 옆에서 도와주시면, 아버지도 허락하실 거예요."

어머니는 더는 금원을 말릴 수 없었다. 딸의 마음을 모르지 않기 때문이다. 딸에게 그런 운명을 물려준 게 한없이 미안했다. 어차피 운명의 굴레를 벗겨 줄 수 없는 마당에 잠깐의 자유라도 맛보게 해 주는 것도 나쁘지 않다고 생각했다.

아버지가 오신 날, 어머니는 색다른 반찬을 장만해 주안상을 차렸다. 아버지를 설득할 요량이었다.

금원은 방에서 조용히 기다렸다. 두 분이 이야기를 나누고 결정이 나면 금원을 부를 것이다. 금원은 부디 아버지가 허락하시기를 바라며 기다렸다. 예감이 좋았다. 평소 아버지는 어머니의 의견을 존중하는 편이다. 다른 집처럼 아버지의 말이 곧 법은 아니었다.

"금원아, 잠깐 건너오너라."

드디어 어머니가 금원을 불렀다. 금원은 벌떡 일어나 안방으로 건너갔다. 아버지가 애잔한 눈빛으로 금원을 바라보았다. 아버지도 어머니처럼 몇 가지를 물어보았다. 금원은 흔들림 없는 자신의 의지를 담아 차분히 대답했다. 아버지가 고개를 끄덕였다.

"네 마음이 정히 그렇다면…… 다녀오너라. 대신 봄이나 되거든 떠나거라. 산은 생각보다 춥단다."

금원은 날아갈 듯이 기뻤다. 꿈에 그리던 금강산을 보게 되었다. 이제 날이 풀리기만을 기다리면 된다.

"매화가 피었어요. 매화가 피었다고요!"

금원이 소리치며 방으로 뛰어들었다. 방에서 바느질하고 있던 어머니와 경춘이 화들짝 놀랐다. 경춘이 열린 방문 너머로 목을 빼고 매화나무를 쳐다보더니 좋아라 뛰어나갔다. 그러나 매화를 반기는 두 사람의 속내는 달랐다. 경춘은 봄을 기다리는 것이지만 금원은 유람을 떠날 날이 다가온 데 대한 반가움이었다.

어머니가 미소를 지으며 말했다.

"그렇게 좋으냐?"

"그럼요. 매화가 피기를 얼마나 기다렸다고요!"

매화를 시작으로 마당 가의 살구나무도 꽃을 터뜨리더니 귓가를 간질이는 바람도 나날이 따뜻해졌다.

"이건 말린 밥이랑 미숫가루, 이건 말린 생선이다. 먹을 곳이 마땅치 않을 때 요기하거라, 끼니 거르지 말고. 객지에서 병나면 고생이다."

어머니가 요깃거리를 간단하게 챙겨 주었다.

"걱정하지 마세요. 잘 챙겨 먹고 다닐게요."

떠나기로 한 날이 내일로 다가왔다.

'드디어 담장 밖으로 나가는 거야.'

짐을 꾸려 놓고 자리에 누웠지만 좀처럼 잠이 오지 않았다. 금원은 가슴이 두근거렸다. 조선의 산천은 어떤지, 다른 사람들은 어떻게 살아가는지 두 눈으로 똑똑히 보고 마음에 담으리라.

"와, 영락없이 남자 같네!"

경춘이 금원의 앞뒤를 훑어보며 감탄했다. 금원은 바지를 입어 남장했다. 큰 키 덕에 족히 열여섯 살은 되어 보이는 미소년의 모습이었다.

"다녀오겠습니다."

금원은 마당에 엎드려 부모님께 큰절하고 집을 나섰다.

담장 밖으로

하늘이 무척이나 넓었다. 집 처마 밑에서 올려다보던 하늘과는 확연히 달랐다. 끝없이 넓고 높았다.

"아, 가슴이 탁 트이는구나. 매가 푸른 하늘로 솟구쳐 오를 때 이런 기분일까? 천리마가 재갈을 벗어 던지고 내달릴 때 이런 기분일까? 아, 좋다!"

금원은 들판 한가운데 양팔을 벌리고 서서 빙빙 돌아도 보고, 팔짝팔짝 뛰어 본 뒤 볼을 살짝 꼬집었다.

"아하하, 분명 꿈이 아닌 생시로구나. 이제 가자, 제천 의림지로!"

금원은 천군만마를 거느린 장군처럼 큰 소리로 외쳤다. 남장한 탓인지 사내처럼 호탕한 웃음이 절로 나왔다.

봄바람이 기분 좋게 불어왔다. 길가에는 보랏빛 풀꽃들이 오종종히 피어 있었다. 재미난 이야기를 나누다 깔깔 웃음을 터뜨리던 경춘과 죽서처럼 화사했다.

금원은 쪼그리고 앉아 풀꽃을 쓰다듬었다.

"신기해. 꽃들은 어디에 이렇게 예쁜 색을 숨겨 놓았다가 내놓는 걸까?"

금원은 한껏 해찰을 부렸다. 천천히 걸으니 볼 것이 너무 많았다. 풀꽃만 예쁜 게 아니었다. 억새가 이리저리 흔들리는 모습도 보기 좋았다.

"넌 참 의리가 있구나. 새잎이 돋을 때까지 기다려 주고."

해찰을 부리다 보니 어느새 해가 정수리 위에 올랐다. 뱃속에서 꼬르륵 소리가 났다. 유람을 나서는 설렘에 아침을 뜨는 둥 마는 둥 했다.

"어디 요기할 데가 없나?"

금원은 주변을 돌아보았다. 여염집 몇 채뿐, 밥을 먹을 만한 곳이 보이지 않았다. 어머니가 싸 준 미숫가루로 간단히 때우려다 유람객 기분을 제대로 내 보고 싶었다.

"늦은 점심을 먹더라도 주막을 찾아가자."

금원은 걸음을 재촉했다. 배가 등가죽에 붙으려 할 때쯤 주막을 발견했다. 반가운 마음에 달려갔지만 선뜻 발을 들이지 못했다. 문밖에서 보니 평상에 손님이 가득 앉아 있었다.

"좀 들어갑시다!"

등 뒤에서 사내 목소리가 들렸다. 놀라 돌아보니 커다란 등짐을 지고 있었다. 금원은 길을 비켜 주려다 등짐에 부딪혀 주막 안으로 떠밀렸다. 주모가 잽싸게 달려 나왔다.

"등짐이 큰 걸 보니 장 보러 가나 보네. 툇마루에 적당히 끼어 앉으시오."

두 사람을 일행으로 안 주모가 등짐장수와 금원을 안으로 이끌었다. 엉거주춤 떠밀린 금원은 툇마루에 자리를 잡았다.

"국밥 한 그릇 말아 주고, 탁배기도 한 병 내오시오."

짐을 부리고 온 등짐장수가 금원의 맞은편에 앉으며 소리쳤다.

"나도 국밥 주시오."

금원도 얼른 따라서 주문했다. 주막 안은 시끌벅적했다. 봉놋방에서는 낮부터 술에 취했는지 큰 소리가 나더니 거친 욕설까지 흘러나왔다. 금원은 듣고 있기가 불편했다. 그러나 누구 하나 아랑곳하지 않았다. 뜨거운 국밥을 목구멍으로 밀어 넣느라 여념이 없었다. 앞에 앉은 등짐장수도 눈 하나 깜짝하지 않았다.

"그쪽은 어디로 가는 길인가?"

등짐장수가 물었다. 금원이 어리게 보였는지 초면에 말을 놓았다. 등짐장수는 서른 안팎으로 보였다.

"제천 쪽으로 가는 길입니다."

"그래? 마침 잘됐네. 나도 제천 장을 보러 가는 길이니 길동무나 하면서 가면 되겠네."

등짐장수의 말에 금원은 몹시 당황스러웠다. 상대의 의사는 물어보지도 않고 자기 마음대로 결정하다니. 한적한 길을 남자와 단둘이 간다고 생각하니 등이 오싹했다. 그러나 단번에 거절할 수 없어 고개를 끄덕였다.

"일행인 줄 알았더니 아니었나 보네. 다행히 방향이 같으니 이제부터 길동무하면 되겠네, 호호호."

상을 들고 온 주모가 두 사람의 말을 들었는지 알은체를 했다. 상에는 막걸리 호리병과 술잔이 두 개 놓여 있었다. 주모가 금원 앞으로도 술잔을 내밀자 깜짝 놀라 손사래를 치며 말했다.

"나는 국밥만 시켰소."

"아, 그럼 이건 이쪽 거. 한 잔 쭉 들이켜시오. 무거운 짐 지느라고 힘들었을 텐데."

주모가 술잔에 막걸리를 가득 따르자 등짐장수가 벌컥벌컥 들이켰다. 금원은 어색해서 얼굴을 돌렸다. 마당 평상에는 열 명 남짓 손님이 앉아 있는데 모두 남자였다. 여자는 한 명도 없었다. 금원은 흠칫 놀랐다.

'정신 차려. 난 지금 남자야. 나 같은 여자가 어디 없나 살필 때가 아니야.'

주모가 국밥을 가지고 나왔다. 금원은 얼른 숟가락을 들었다. 생각보다 맛이 괜찮았다. 막걸리 두 잔을 연거푸 들이켜고 난 등짐장수도 정신없이 국밥을 퍼먹었다. 뚝배기를 다 비울 때까지 고개 한 번 들지 않았다.

'몇 끼는 굶었나 보네.'

마지막 국물 한 방울까지 호로록 마신 등짐장수가 끅 소리를 내며 트림했다. 역한 냄새가 밀려왔다. 금원은 코를 막으며 인상을 찌푸렸다.

"여태 그거밖에 못 먹었나? 사내가 먹는 것이 여인네처럼 그리 깨작거려서 쓰나. 푹푹 떠먹소!"

금원의 뚝배기를 건너다본 등짐장수가 놀란 표정으로 말했다.

'왜 남의 그릇에 신경 쓰고 난리야.'

금원은 어이가 없어 한마디 쏘아붙이려다 국밥과 함께 꿀꺽 삼켰다. '여인네'라는 말에 뜨끔했다. 무심결에 드러난 행동으로 의심을 살 수도 있겠다 싶었다. 남장했다고 안심할 게 아니었다.

"제천까진 꽤 먼 길이네. 걷다 보면 금방 배가 꺼지니 든든하게 먹어 두라고."

금원은 국밥 반 그릇으로도 충분히 배가 찼지만 등짐장수의 말에 마지막 한 숟가락까지 다 먹었다. 그사이 등짐장수는 막걸리를 다 비웠는지 빈 병을 흔들어 마지막 한 방울까지 알뜰하게 따라 냈다. 흘낏 보니 얼굴이 불쾌했다. 금원은 꾸역꾸역 먹은 국밥이 목구멍까지 차오르는 것 같았다. 답답해서 일어서려는데 등짐장수가 옷자락을 잡았다.

"먹고 바로 걸으면 힘들어. 좀 쉬었다 가세."

정말 동행하려는 모양이었다. 금원은 거절할 구실을 찾아 머리를 굴렀다.

"저는 들러야 할……."

그때였다. 봉놋방 문이 벌컥 열리면서 한 남자가 토방 아래로 굴러떨어졌다. 그 바람에 문이 부서지고 상이 엎어졌다.

"으악!"

금원은 비명을 지르며 벌떡 일어섰다.

"아이고, 사람 죽네!"

굴러떨어진 남자가 소리를 질러 댔다. 주막에 있던 사람들이 한꺼번에 쳐다보았다. 방 안에서 계속 큰 소리가 나기는 했지만 설마 이런 일이 벌어지리라고는 짐작하지 못한 얼굴들이었다. 주막은 순식간에 난장판이 되었다.

"다 죽어 가는 놈을 살려 놨더니 이제 배 째라네. 그래, 오늘이 네 제삿날이다!"

텁석부리 사내가 방에서 나오면서 고함을 질렀다. 바닥에 내동 댕이쳐진 남자가 하얗게 질린 얼굴로 두 손을 내저었다. 비쩍 마른 몰골이 텁석부리 사내와 대조적이었다.

"정말 모른다니까요. 어디로 갔는지 정말 모릅니다!"

"관아에 끌려가서 매를 맞아야 실토할 테냐?"

텁석부리가 순식간에 토방 아래로 뛰어 내려가더니 남자를 깔고 앉았다. 텁석부리의 주먹질에 남자의 얼굴이 피범벅이 되었다. 지켜보던 이들이 차마 못 보겠다는 듯 고개를 돌렸다. 건장한 체격의 텁석부리에게 주눅이 들었는지 누구 하나 말리려 들지 않았다. 금원도 무서워 등짐장수 옆에 바짝 붙었다.

"아이고, 마름 나리! 진정하시고 말로 하세요, 말로. 이러다 사람 잡겠어요."

주모가 텁석부리의 팔을 붙들며 애타게 말렸다.

"내가 지금 진정하게 생겼어? 내 돈 떼먹고 야반도주한 놈을 숨겨 주고 있는데, 말로 하게 생겼냐고?"

텁석부리가 고래고래 소리를 질렀다.

"주막을 쑥대밭으로 만들어 버리기 전에 저리 비켜!"

주모는 끽소리 못 하고 물러섰다.

"그래, 내 돈 떼먹고 살 성싶더냐?"

"돈을 떼먹다니요? 그 정도로 갚았으면 진작 원금은 다 갚지 않았습니까? 오죽하면 그 친구가 어린 자식들을 데리고 야반도주했겠습니까?"

피범벅이 된 남자가 텁석부리에게 항변했다. 뭔가 억울한 사연이 있는 듯했다.

"뭐가 어쩌고 어째? 어디로 갔는지 이실직고하지 못해?"

텁석부리의 주먹질이 다시 시작되었다. 남자의 비명이 마당을 메웠다. 금원은 가슴이 덜덜 떨렸다. 눈앞에서 사람이 피투성이가 되도록 맞는 건 처음 보았다. 패는 이의 고함과 맞는 이의 비명에 금원은 정신이 하나도 없었다. 제발 누가 싸움을 말려 주기를 간절히 바랐지만 아무도 나서지 않았다. 저마다 안타까운 표정만 짓고 있을 뿐이었다. 텁석부리는 그런 분위기를 느꼈는지 기고만장하여 일어나 발로 차고 밥상을 집어 던졌다. 그러고도 성이 차지 않는지 지게막대기를 빼 들어 휘둘렀다. 그 바람에 툇마루에 부려 놓은 짐짝이 작대기에 맞고 굴러떨어졌다. 와장창 깨지는 소리가 났다.

"아이고, 이를 어째!"

주모가 발을 동동 굴렀다. 등짐장수의 짐이었다. 금원도 깜짝 놀라 등짐장수를 쳐다보았다. 그런데 등짐장수는 뜻밖에 반응이 없었다.

'뭐야? 보기보다 겁이 많네.'

금원은 등짐장수가 겁에 질려 있다고 생각했다. 그런 그에게 의지한 채 등 뒤에 숨어 있는 게 영 불안했다.

그때 손님 가운데 하나가 슬그머니 빠져나가려다 내동댕이쳐진 상에 걸려 넘어졌다. 그 바람에 텁석부리가 휙 돌아보았다. 벌건 눈알이 먹이를 찾는 맹수 같았다.

"넌 뭐야?"

텁석부리가 씨근덕거리며 넘어진 이에게 다가갔다. 그가 흠칫 놀라 뒷걸음질을 쳤다.

"야, 약속이 있어서. 헤헤."

남자가 비굴하게 웃어 보였다.

"가만, 너 저놈하고 친구지? 둘이 짜고 그 새끼 빼돌린 거 아냐?"

사내의 눈썹이 치켜 올라갔다.

"아, 아닙니다. 저는 전혀 모르는 일입니다, 나리. 안 그런가? 말 좀 해 주게."

매 맞은 남자와 아는 사이인 모양이었다.

'친구? 그럼 친구가 맞는 걸 보고도 가만히 있었던 거야?'

금원은 어이가 없었다. 그러나 정작 매 맞은 남자는 별 반응이 없었다. 처음 당하는 일이 아닌 모양이었다.

"아니긴 뭐가 아냐?"

텁석부리가 남자에게 주먹질을 했다. 그도 순식간에 코피가 터져 얼굴이 피범벅이 되었다. 텁석부리에게 막강한 뒷배가 있는 게 틀림없었다. 그러지 않고서야 대낮에 사람을 개 패듯 패 놓고 저리 당당할 수는 없는 노릇이다. 금원은 분노가 치밀었다. 그러나 겁이 나서 한마디도 할 수 없었다.

그때 갑자기 등짐장수가 몸을 긁적거렸다. 팔을 긁더니 배와 가슴을 벅벅 긁어 댔다. 그러고는 주모를 불렀다.

"주모! 주막에 벼룩이 있나 보오. 이거 원, 몸이 이리 가려워서 살겠나?"

등짐장수의 느닷없는 행동에 사람들의 시선이 모였다. 텁석부리도 주먹질을 멈추고 등짐장수를 쳐다보았다.

"벼룩이요? 갑자기 웬 벼룩……."

주모가 뜨악한 표정으로 등짐장수를 바라보았다.

"이것 좀 보시오. 가려워서 미치겠소!"

등짐장수가 옷깃을 풀어 헤치고 가슴을 탁탁 쳤다.

"이를 어쩌나, 대신 긁어 줄 수도 없고."

주모가 미안해서 어쩔 줄 몰라 했다.

"당장 손써야지, 이대로 둬선 안 되겠소. 사람 피를 빨아먹는
것은 흡혈귀요, 흡혈귀."

금원은 어이가 없었다. 이런 상황에 벼룩 타령이라니.

"내가 제천 장에 가서 벼룩 잡는 약을 구해다 주리다. 아주 특
효약으로!"

등짐장수가 자빠져 있는 짐을 주섬주섬 챙겼다. 가려는 모양이
었다. 금원은 텁석부리를 쳐다보았다. 왠지 그가 보내 줘야 주막
을 떠날 수 있을 것 같은 분위기였다.

"서둘러야겠네. 제천 장에서 기다리고 계신 어사께 빨리 전해
야지. 내일쯤엔 이리로 출두할 수 있겠군."

혼잣말처럼 중얼거렸지만 금원도 옆에 있던 주모도 충분히 들
을 수 있는 목소리로 등짐장수가 말했다.

'어사에게 전한다고? 암행어사?'

금원은 종종 암행어사가 불시에 출두한다는 말을 들은 적이
있어 깜짝 놀랐다. 등짐장수가 암행어사의 연락책인가. 주모도
똑똑히 들었는지 처음엔 멍한 표정이더니 이내 눈이 커졌다.

"어, 어사 출……."

놀란 주모가 말을 더듬었다.

"쉿!"

등짐장수가 손가락을 입에 갖다 댄 뒤 눈을 끔벅였다. 두 사람을 쳐다보던 텁석부리가 자기 말을 한다고 생각했는지 꽥 고함을 질렀다.

"뭐야?"

"여기 사람 피를 빨아먹고 사는 더러운 빈대가 있어서 잡아야겠다고 말했소."

등짐장수가 팔을 긁으며 말했다. 등짐장수가 자기에게 대든다고 생각했는지 텁석부리가 벌떡 일어나더니 주막 안에 있는 사람들을 쓱 훑어보았다. 누가 나서서 자기가 어떤 사람인지 입증이라도 하라는 듯이. 그러나 텁석부리와 눈이 마주친 사람들은 허둥대며 고개를 숙여 버렸다.

"당신이 누군지 외지인인 내가 어찌 알겠소만, 사람을 저렇게 상하게 하는 건 옳지 않소. 관아에 가서 잘잘못을 따져 보면 될 일이 아니겠소."

그러자 텁석부리가 모두에게 들으라는 듯 건들거리면서 소리쳤다.

"관아? 좋지, 좋아."

그때 주모가 텁석부리에게 다가가 등짐장수에게 들은 이야기를 전했다.

"뭐, 암행어사가 우리 고을에 온다고?"

텁석부리의 얼굴이 굳어졌다. 술이 확 깨는 모양이었다. 사람들의 얼굴을 슬금슬금 살피더니 뒷문으로 부리나케 달아났다.

"저, 저 마름 놈 내빼는 꼴 좀 보소."

"천하에 무서울 게 없는 놈도 암행어사는 무서운가 보네."

"구린 게 많으니 저러지."

도망치는 텁석부리를 보고 사람들이 저마다 한마디씩 했다.

등짐장수가 금원에게 눈을 찡긋했다.

'뭐지?'

비쩍 마른 남자가 힘겹게 일어나 등짐장수 앞으로 비척비척 걸어왔다.

"고맙소. 잘 피해 다녔는데…… 오늘은 죽는 줄 알았소."

주모가 물수건을 가져와 얼굴의 피를 닦아 주었다.

"어쩌다가 걸려들었소? 앉은 자리에 풀도 안 나는 지독한 사람한테. 하긴 이 동네 사람치고 안 걸려든 이가 없지."

주모가 혀를 끌끌 찼다.

"내가 나쁜 놈이오. 나 살자고 친구를……."

남자의 사연은 이러했다.

몇 해 전, 지독한 가뭄에 흉년이 들어 거둬들인 곡식은 세금으로 다 빼앗겼다. 배곯는 자식들 때문에 마름에게 겉보리 서 말을 빌렸다. 이듬해 농사를 지어 갚기로 했다. 그러나 이듬해 갚은 것은 이자로 치고 빌린 곡식 값은 그대로 남았다. 내리 삼 년을 갚았지만 빚은 그대로였다. 남자는 마름이 말하는 계산법을 이해할 수 없었다. 마름은 하루가 멀다고 쫓아와 빚을 갚으라고 닦달했다. 피를 말렸다. 빚 대신 팔이라도 잘라 주고 싶은 심정이었다. 그러던 어느 날, 마름이 자기가 시키는 대로만 하면 빚을 탕감해 주겠다고 했다. 남자는 귀가 번쩍 띄었다. 빚을 탕감해 준다는 말에 이웃 마을에 사는 친구의 소를 빼앗으려는 마름의 농간에 합세하고 말았다. 결국 친구는 마름에게 소를 빼앗기고 빚까지 지게 되었다. 자신이 당한 것과 똑같이 마름에게 들볶이던 친구는 야반도주했다. 빚 대신 딸을 내놓으라고 했기 때문이다. 남자는 친구가 야반도주할 계획을 눈치채고 있었지만 마름에게 알리지 않았다. 자기 때문에 벌어진 일이라는 생각이 들어서 미안했다. 마름은 야반도주한 친구를 찾아내라며 또 피를 말렸다. 마름을 피해 다니다 오늘은 꼼짝없이 붙잡혀 주막으로 끌려오게 되었다.

사건의 경위를 듣고 난 금원은 분노가 일었다. 무지한 백성을 속여 제 배를 불리는 아전과 한통속이 되어 횡포를 부리는 마름의 악행은 익히 들어 알고 있었지만 실제로 눈앞에서 보게 되니 마음이 참담했다.

"나는 사람도 아니오. 나 살자고 친구를……. 큭."

남자가 울며 자기 가슴을 쳤다. 듣고 있던 사람들이 한숨을 내쉬었다. 그 마음을 잘 안다는 듯이.

"왜 관아에 발고하지 않았습니까? 발고했으면 이 지경까진 안 되었을 텐데요."

안타까운 마음에 금원이 말했다. 남자가 어이없다는 표정으로 금원을 쳐다보았다.

"모두가 한통속인데…‥. 마름이 왜 저렇게 당당한 줄 아시오? 뒷배가 든든하기 때문이오. 그 뒷배가 누구겠소?"

금원의 놀라는 표정을 보고 등짐장수가 들으라는 듯 말했다.

"그게 어디 어제오늘 일입니까? 휴, 언제쯤에나 백성이 나라를 믿고 살 수 있는 세상이 올는지."

"암행어사를 모시는 분이라 했지요? 어사께서 정말 내일 우리 고을에 오신답니까?"

주모가 확인하듯 물었다.

"가 봐야 알겠습니다만, 백성들의 피를 빠는 흡혈귀가 있으니 반드시 올 겁니다. 하하하."

금원은 무슨 말인가 싶어 등짐장수를 쳐다보았다. 등짐장수가 눈을 찡긋했다. 그제야 금원은 그 뜻을 알아차렸다.

'세상에!'

매 맞는 남자를 구하려고 등짐장수가 기지를 발휘한 것이었다.

"자, 그럼 우린 길을 나서 볼까?"

등짐장수가 일어서며 금원에게 말했다. 금원은 망설여졌다. 등짐장수가 나쁜 사람이 아닌 건 확실하지만 단둘이 가는 것은 내키지 않았다.

"이를 어쩌나, 실은 제가 들러 갈 곳이 있어서요."

"그럼 어쩔 수 없지. 길동무가 생겨 좋다고 했더니, 인연이 되면 또 만나세."

등짐장수가 커다란 짐을 등에 지고 길을 나섰다. 멀어지는 등짐장수를 보며 금원은 생각했다.

'비록 장돌뱅이긴 하나 괜찮은 사람이야. 위기를 맞게 되면 두려워만 하지 말고 저 등짐장수처럼 지혜롭게 해결하는 방법을 배워야겠어.'

이상한 노인

제천 의림지에 도착했다. 금원은 입이 떡 벌어졌다. 태어나서 이렇게 큰 호수를 본 적이 없다. 게다가 이 큰 호수가 농사를 짓기 위해 물을 가둬 만든 저수지라니. 한창 무르익는 봄기운에 호수 주변은 온통 푸른 비단을 펼쳐 놓은 듯했고, 푸른 비단으로 감싸인 의림지는 신이 숨겨 놓은 은밀한 샘 같았다. 금원은 처음 의림지를 알게 되었던 때가 생각났다.

온갖 꽃이 피어나던 어느 봄날, 어머니 동무 두 분이 집에 놀러 왔다. 볼 때마다 옷차림이 화사했다. 장독대 옆 흐드러지게 핀 살구꽃 그늘에서 화전을 부치고 있었다.

"아, 오늘 같은 날 의림지에 가서 화전을 부쳐 먹으면 얼마나 좋을까?"

옥색 저고리를 입은 부인이 말했다.

"애고, 경칠 소리! 여인네가 산천에서 화전놀이를 하면 곤장이

백 대라는 거 몰라? 근데 의림지가 어디야?"

화들짝 놀라는 시늉을 하던 남색 저고리 부인이 궁금한지 은근한 말투로 물었다.

"우리 서방님이 다녀와서 한껏 자랑을 하더라고. 제천에 있는 커다란 호수인데, 둘레가 십 리가 넘는대."

"십 리? 세상에 그런 호수가 있어?"

"봄이면 복사꽃과 벚꽃이 다투어 피고, 여름이면 연꽃이 수면을 수놓고, 가을이면 옥 같은 달을 낚아 올리기에 좋고, 겨울이면 호수가 얼어 천상의 거울이 된대."

"어머나, 그런 곳에 가면 속이 다 뻥 뚫리겠네."

가만히 듣고 있던 금원의 어머니도 한마디 거들었다.

"맞네, 우리 집 양반 말이 그곳에 가면 삼 년 묵은 울증이 쑥 내려간다고 하대."

"어휴, 여인네는 꿈도 못 꿀 일이지."

남색 저고리 부인이 고개를 절레절레 저었다. 금원의 어머니는 말없이 고개를 끄덕였다. 금기에 주눅 든 부인들은 못 올라갈 나무는 쳐다보지 않는다는 듯 금세 다른 화제로 말머리를 돌렸다.

금원은 의림지의 사계절 모습이 너무나 궁금했다. 꼭 가 보고 싶었다. 금강산 유람을 나서면서 제천 의림지를 첫 번째 방문지로 잡은 이유였다.

의림지 널따란 수면을 바라보다 금원은 그만 비명을 지를 뻔했다. 앞산이 물에 비쳐 진풍경을 펼치고 있었다. 마치 거울 두 개를 맞붙여 놓은 것처럼 똑같은 풍경이 서로 마주 보고 있었다.

"오, 저것이 반영이구나!"

금원은 문득 '반영'이라는 말이 떠올랐다. 반영은 돌이켜 비춘다는 뜻으로, 다른 것의 영향을 받아 드러나는 모습이다. 글자로만 익힌 반영의 실체가 눈앞에 펼쳐졌다. 지극히 관념적이고 모호하기만 하던 그 말을 이렇게도 속 시원히 알게 될 줄이야.

금원은 온몸에 전율이 일었다. 두근거리는 가슴을 안고 의림지를 오래 바라보았다.

'의림지가 앞산을 반영한 것처럼 한 사람의 인생은 무엇을 통해 반영되는 걸까. 나는 무엇을 통해 세상에 반영될 것인가. 남녀가 유별하고 적자와 서자가 유별한 조선에서 남장 차림으로 길을 나선 내 모습은 무엇의 반영인가.'

금원은 생각에 잠긴 채 의림지 둘레를 걸었다. 한창 걷고 있을 때, 한 무리의 새 떼가 푸드덕 날아올랐다. 깜짝 놀란 금원은 발을 헛디뎌 엉덩방아를 찧고 말았다.

"이런 무례한 새 떼를 봤나."

혼잣말을 뱉어 놓고는 그만 피식 웃고 말았다. 정작 놀란 것은 새일지도 모른다. 새들의 평온을 깨뜨린 건 금원 자신일지도 모를 일. 입장을 바꿔 생각하니 화낼 일이 아니었다.

'에이, 넘어진 김에 쉬어 가자.'

금원은 수양버들 아래 자리를 잡고 앉아 의림지 수면을 망연히 바라보았다. 잔잔한 수면은 소금쟁이의 발장난에 파문이 일었다. 파문이 그린 동그라미를 쫓다 금원의 눈길이 멈추었다. 치렁하게 늘어진 수양버들 가지가 물속에 잠겨 있었다. 파문은 그곳에서 멈추었다. 파문을 잠재우는 건 다른 것과 부딪치는 것이다. 수양버들을 볼 때마다 궁금했었다. 대체로 나무들은 하늘을 향해 가지를 뻗는데, 왜 이 나무는 땅을 향해 가지를 뻗는지.

"수양버들 맘이지, 뭐. 하늘이 싫으면 땅을 향해 가지를 뻗을 수도 있는 거지."

금원은 중얼거리듯 내뱉었다. 그렇게 생각해서인지 높이 오르려고 발버둥 치지 않고 적당히 힘을 뺀 수양버들이 고달픔 없이 자유로워 보였다.

"하물며 나무도 자유가 있는데 왜 조선의 여인들은 자유가 없어? 대체 왜 나는 열다섯 살이 되면 혼인해야 하는 거냐고!"

금원은 열불이 나서 소리쳤다. 그러고는 제풀에 놀라 주위를 둘러보았다. 다행히 아무도 없었다. 마음에 커다란 파문이 일었다. 금원은 벌떡 일어나 돌멩이를 주워 의림지에 냅다 던졌다. 퐁당, 수면에 큰 파문이 일었다. 그 파문 위에 또 던졌다. 몇 번을 던지고 나니 의림지가 일렁거렸다.

'가슴이 뻥 뚫린다더니, 삼 년 묵은 울증이 쑥 내려간다더니 다 거짓말이네.'

금원은 어깨까지 내려온 수양버들 가지를 확 잡아챘다. 그때였다. 어디선가 희미한 소리가 들려왔다.

'뭐지?'

두런거리는 소리 같기도 하고, 흥얼거리는 소리 같기도 했다. 금원은 소리를 쫓아 두리번거렸다. 늘어진 버들가지 사이로 나룻배 한 척이 보였다. 금원은 까치발을 하고 바라보았다. 한 노인이 뱃머리에 앉아 낚시하고 있었다.

'어부의 노랫소리였구나.'

신의 영역처럼 느껴지는 의림지의 은밀한 아름다움에 빠져 있으면서도 사람이 보이니 반가운 마음이 들었다.

배가 천천히 물가로 다가오자 노랫소리가 선명하게 귓속을 파고들었다.

앞산 벚꽃이 내 속에 들락날락
우는 것은 뻐꾸기인가
푸른 것은 버들가지인가
맑고 깊은 물에 온갖 고기 뛰노나니
배 저어라 배 저어라.

노랫소리는 빠르지도 느리지도 않게 이어졌다. 금원은 평온한 분위기를 깨뜨리지 않으려고 노래가 끝날 때까지 기다렸다.

한참 후 금원이 기척을 내자 노인이 돌아보았다. 어부치고 표정이 사뭇 근엄해 보였다.

"많이 잡으셨습니까?"

금원이 넉살 좋게 말을 걸었다.

"많이 잡아서 뭐 하게?"

노인이 날카롭게 쏘아붙였다.

"예? 많이 잡으셔야지요."

노인은 별 시답잖은 소리를 듣는다는 듯 얼굴을 돌려 버렸다. 금원은 노인의 퉁명스러운 태도에 무안했다. 물고기를 못 낚아서 저러나 싶어 배 안을 기웃거렸다. 통 안에 물고기가 한 마리도 들어 있지 않았다.

"어, 한 마리도 못 낚으셨습니까? 많이 낚으시는 것 같던데."

"많이 낚다니? 온종일 한 마리도 낚은 것이 없는데."

노인이 흥얼거리다 낚싯대를 훅 낚아채는 것을 여러 번 보았는데, 금원은 잘못 보았나 싶어 머리를 긁적였다. 온종일 한 마리도 낚지 못했다면 말을 거는 나그네가 반가울 리 없을 것이다.

"아, 제가 잘못 보았나 봅니다. 어르신의 노랫소리가 하도 듣기 좋아서 계속 지켜보고 있었습니다. 방해가 되었다면 죄송합니다."

"자네가 죄송할 건 없네. 내가 낚는 것은 물고기가 아니니까."

알쏭달쏭한 노인의 말에 금원은 무어라 대꾸해야 할지 몰랐다. 어부가 물고기를 낚지 않으면 뭘 낚는다는 건지 금원은 어리둥절

했다.

"자넨 무엇을 낚으러 왔나?"

"저는 낚시하러 온 것이 아니라……."

순간 금원은 노인의 말에 다른 의미가 있다고 느껴졌다. 자신의 느낌이 맞는다면 예사롭지 않은 노인이 분명했다. 그러고 보니 노인의 손은 어부의 손이 아니었다. 생계를 위해 물고기를 낚는 어부라면 손은 거칠고 투박할 터였다.

"어르신의 손을 보니 어부는 아닌 듯합니다."

노인이 금원을 다시 쳐다보았다.

"흠, 눈곱만 한 눈썰미는 있군."

칭찬인지 비아냥대는 건지 모를 소리에 금원은 얼굴이 빨개졌다.

"어부의 노래를 부르셔서 어부인 줄 알았습니다."

"어부가 따로 있나. 누구나 이 세상에 태어나 무언가 낚고자 하는 마음은 같지 않겠나?"

노인은 지나가는 말처럼 뱉었지만 금원의 가슴에 날카롭게 박혀 왔다.

"그렇지요. 저마다 낚고자 하는 바가 있겠지요."

금원은 낚는다는 말의 의미를 생각하며 대답했다.

"흠, 자네 눈빛을 보니 어부의 기질이 다분하군. 그래, 무얼 낚으러 이곳을 찾아왔나?"

"아, 저는……."

금원은 선뜻 대답하지 못했다. 자신이 무엇을 낚으러 담장 밖으로 나왔는지 확실한 이유가 있었지만 설명할 수는 없었다. 순간 발목을 졸라맨 대님이 답답해지면서 남장한 자신의 모습이 구차스럽게 느껴졌다.

"그것이 무엇이든 잘 낚아 보게나."

노인이 주섬주섬 낚시 도구를 챙겨 들었다.

"제가 방해되어 일어나시는 거면 저는 이만."

금원이 돌아서려 하자 노인이 말했다.

"오늘은 내 집에서 하룻밤 묵고 가게."

노인의 말에 금원은 잠시 망설였다. 해 지기 전에 의림지를 떠날 계획이었지만 왠지 노인과 이야기를 더 나누고 싶었다.

'본디 낯선 곳과 낯선 이와의 만남이 유람의 묘미지.'

금원은 의림지에서 만난 이상한 노인에게 호기심이 생겼다.

금원은 노인의 거처로 따라갔다. 노인은 혼자 살고 있었다. 조촐한 방 안에는 책이 그득했다.

'이런 호젓한 곳에서 책을 보는 노인이라니, 남다른 사연이 있는 게 분명해. 혹시 죄를 짓고 유배된 사람인가?'

유배된 죄인으로 보기에는 노인의 언행이 너무 자유로웠다.

"어디서 와서, 어디로 가는 길인가?"

"예? 아, 원주에서 왔습니다. 금강산으로 가는 길입니다."

방 안을 두리번거리던 금원은 대수롭지 않게 대답했다. 그런데 대답해 놓고 보니 노인이 바라는 대답이 아닌 것 같아 얼른 노인을 쳐다보았다.

"방향이 다른데, 왜 곧바로 가지 않고 이쪽으로 왔나?"

노인이 수염을 쓰다듬으면서 물었다.

"아마도 어르신을 만나려고 이곳으로 왔나 봅니다."

금원은 대충 얼버무리고 어색하게 웃어넘겼다.

"흠."

대답이 영 못마땅한지 노인이 고개를 틀었다. 금원은 자신의 대답이 불성실했나 싶어 얼른 고쳐 말했다.

"의림지를 보면 삼 년 묵은 울증이 쑥 내려간다고 해서 와 봤습니다."

의림지의 사계절이 너무나 궁금해서, 라는 말은 빼고 말했다.

"삼 년 묵은 울증이 쑥 내려간다……."

노인이 금원의 말을 음미하듯 따라 했다. 동의한다는 뜻인지 가당찮다는 뜻인지 알 수 없는 표정이었다.

"아직 새파란 청춘에 무슨 울증이 있어서. 그래, 이제 울증이 다스려졌는가?"

금원은 망설였다. 답답한 마음이 뚫렸다고 말할 수 없었다.

"아닙니다."

"흠, 울증이 있다는 건 바라는 것이 있다는 말이지. 바라는 것이 있다는 건 이루고자 하는 소망이 있다는 말이고."

노인이 고개를 끄덕이며 말했다. 노인의 말은 언뜻 그 말이 그 말인 듯한데, 한편 다른 뜻 같기도 했다.

'대체 뭐 하는 분이지?'

금원은 노인의 정체가 더 궁금해졌다.

"울증을 다스릴 수 있는 건 용기지, 다 용기의 문제야!"

금원은 갑자기 열이 올라왔다. 언젠가부터 책을 읽다가 공감할 수 없는 부분에서 불쑥 치솟곤 하던 그 열감이었다.

"그것이 어찌 용기의 문제입니까? 용기로 해결할 수 없는 것도 있습니다."

금원은 자기도 모르게 목소리에 힘이 들어갔다. 사람마다 놓인 상황이 다른데, 나무라듯 말하는 노인이 못마땅했다.

"용기를 내면 다른 길이 보인다는 말이네."

"다른 길이라고요?"

금원이 생각하기에 다른 길은 없었다. 조선에서 여자로 태어난 것, 가난한 양반인 아버지와 기생 출신 어머니 사이에서 태어난 것, 종모법에 따라 어머니의 신분을 따라 살아야 하는 것, 이 모든 것이 용기를 낸다고 해결될 일이던가.

"나도 한때는 자네 같은 눈빛을 가졌었지. 절망과 억울함을 가득 담고 있는 지금 그 눈빛처럼."

노인의 말에 금원은 뜨끔했다. 자신의 속을 들킨 것 같아 얼른 눈길을 돌려 버렸다.

"의림지에서 처음 보았을 때 자네의 그 눈빛이 나를 붙들더군. 나도 한동안 그런 눈빛으로 살았다네."

노인의 말에 금원은 불쾌했다. 그 불쾌감은 자신을 향한 것이었다. 자신에게 드리운 그늘이 남이 알아볼 정도로 문신처럼 박혀 있다는 것이니까.

"어르신께서는 용기를 냈습니까?"

금원이 도전적으로 물었다.

"나는 양반집 서자로 태어났지."

서자라는 말에 금원은 온몸의 신경이 곤두섰다. 그러나 노인의 얼굴은 평온했다. 노인은 달이 이울도록 자신의 이야기를 들려주었다.

그는 명문가 자손으로, 아버지는 벼슬을 하고 있었다. 어려서 신동이라는 말을 들을 정도로 영특해 아버지의 사랑을 받았다. 아버지처럼 되고 싶어 열심히 공부했다. 그러나 과거를 보더라도 고위직에 올라갈 수 없는 서자라는 자신의 처지를 알게 되었다. 그날 이후 절망에 빠져 허우적거렸다. 저잣거리를 헤매며 자신을 괴롭히는 나날을 보냈다.

그러던 어느 날, 운명적인 스승을 만났다. 친구의 권유로 모임에 나갔다 알게 된 분이었다. 유난히 풍채가 좋고 호탕한 성격이었다. 몇 번의 만남을 통해 정신적 스승으로 삼았다. 스승은 명문 양반가에서 태어났지만 스스로 벼슬길을 버렸다. 학문이 깊고 능력을 갖추었으나 벼슬에는 뜻이 없었다. 끊임없이 파벌 싸움에 휘말려야 하고, 상대를 짓밟아야만 위로 올라갈 수 있는 벼슬살이가 싫었다. 과거를 치르기 위한 공부 또한 마음에 들지 않았다. 달달 외우기만 하는 학문은 쓸모가 없다고 생각했다. 스승이 생각하는 진정한 학문은 백성들의 실제 생활에 도움이 되는 것이었다. 그런 학문을 '실학'이라고 했다. 친구를 따라 간 모임이 바로 실학을 공부하는 자리였다. 모인 이들 대부분이 서얼이었다.

그는 그곳에서 새로운 세상을 알게 되었다. 스승의 말과 행동을 보며 용기가 생겼다. 특히 스승이 쓴 기행문은 그에게 신선한 충격이었다. 사서오경만을 공부하던 그는 스승의 글에 마음을 빼앗겼다. 주류 문체가 아니라 가벼이 여기며 비판하는 사람들도 있었지만, 실학에 막 눈을 뜬 그는 자유분방한 스승의 문체와 사상이 대단하다고 생각했다. 또한 일반 백성들에게도 쉽게 다가갈 수 있는 실용적인 글이었다.

주류가 아니어도 세상에는 할 일이 있고, 함께할 수 있는 벗들이 있어 그는 힘이 났다. 그리고 그런 비주류를 인정해 주는 훌륭한 임금님이 있어 한때는 벗들과 궁궐에 불려가 나랏일도 했다.

노인은 말을 마치고 서책을 쌓아 둔 곳으로 눈길을 보냈다. 거기 반가운 사람이라도 앉아 있는 양 그윽한 눈빛이었다. 노인은 책 한 권을 집어 들었다.

"그분이 쓴 책이네. 청나라에 사신을 따라갔을 때 보고 들은 것을 적은 연행록인데, 아주 색다르다네."

얼마나 많이 보았는지 표지가 너덜너덜했다. 《열하일기》, 금원도 소문으로 익히 들어 알고 있는 책이었다. 노인은 소중한 물건을 다루듯 책을 쓰다듬었다.

"저도 그 책에 관한 이야기는 들었습니다. 아직 읽어 보지는 못했지만."

"그런가? 기회가 되면 꼭 한번 읽어 보게."

노인은 서책 더미에서 또 한 권을 빼 들었다.

"이건 내가 쓴 책이네. 의림지에 와서 썼지. 예전에 어떤 기회로 이곳에 와서 빙어를 먹은 적이 있었다네. 많은 이들이 이곳에 오면 꼭 그것을 찾더구먼. 그것이 씨앗이 되어 책을 쓰게 되었지. 물고기를 조사한 책이라네. 빙어를 비롯해 수많은 물고기가 의림지에 있더군. 이것이 첫 책이고, 열 권 남짓 썼지. 지금도 계속 쓰고 있다네."

금원은 책을 받아 펴 보고는 깜짝 놀랐다. 물고기에 대한 설명은 물론 그림까지 그려져 있었다. 입이 쩍 벌어졌다. 실제로 보지 않아도 알 수 있을 만큼 그 모습이 정교하게 묘사되어 있었다. 금원은 이제껏 이런 책을 본 적이 없었다.

"그래서 고기를 낚는 게 아니라고 말씀하셨군요. 어떻게 이런 책을 쓸 생각을 다 하셨습니까?"

금원은 가슴 저 밑바닥에서부터 올라오는 기꺼운 마음을 감출 수 없어 부러운 눈으로 노인을 바라보았다.

"스승님의 《열하일기》를 보고 용기를 얻었지. 공부의 쓸모가 꼭 벼슬에만 있지 않다는 걸 깨달았지. 내가 하는 일이 언젠가 백성들에게 도움이 된다면 그 또한 벼슬 못지않은 보람이지 않겠나?"

"그렇지요."

"자네도 기왕 유람에 나섰으니 유람기를 써 보는 건 어떻겠나?"

"유람기요?"

"꼭 유람기가 아니어도 좋고. 유람하다 보면 혼자서만 보고 말기에는 아까운 것들이 있지 않겠나. 또한 느낀 점을 기록하다 보면 마음을 다스리게 되어 울증이 쑥 내려갈 수도 있지 않겠나?"

노인이 조심스럽게 권했다.

"어르신의 스승님도 그렇게 권하셨습니까?"

금원은 왠지 가슴이 두근거렸다. 유람기, 계획에는 없던 일이지만 좋은 생각이었다.

"그러고 보니 자네는 나와는 달리 빨리 용기를 냈군. 이렇게 유람을 나섰으니 말일세."

"고맙습니다, 어르신!"

금원은 어머니가 챙겨 준 미숫가루 한 봉지와 말린 생선을 내놓았다.

"넣어 두게. 이런 건 유람 다니는 사람에게 더 필요하지."

노인은 한사코 사양했으나 금원은 기어이 들이밀었다.

"어르신께 정말 좋은 말씀 들었습니다. 마음 같아서는 더 좋은 선물을 드리고 싶지만 이거라도 받아 주시면 제가 더 용기를 내서 유람을 다닐 수 있을 듯합니다."

금원은 응석하는 손자처럼 고집을 부렸고, 금원의 마음을 안 노인은 선물을 받아 주었다.

이튿날 아침, 금원이 일어나 보니 노인은 나가고 없었다. 짐을 챙겨 나오니 노인의 배는 벌써 의림지 한가운데 떠 있었다. 아침 햇살을 받은 배가 눈부셨다. 흥얼거리는 노인의 음성이 바람에 실려 왔다.

"어르신!"

금원은 손을 흔들어 인사하고 의림지와도 작별했다. 뭔지 모를 흥이 가슴속에서 꿈틀거렸다. 금원은 지필묵을 꺼냈다. 그리고 노인처럼 시의 낚싯대를 드리웠다.

호숫가 버들은 푸르게 늘어지고
우울한 봄날의 시름을 아는 듯
나무 위 꾀꼬리는 쉬지 않고 울어 대니
이별의 슬픔 견디기 어려워라.

꿈속의 꿈

단양 팔경을 향해 걸음을 서둘렀다. 만물이 생동하는 봄 들녘은 아름답고 힘찼다. 해마다 돌아오는 봄이지만, 금원은 이 봄을 가슴 벅차게 맞이했다. 열네 살 금원의 봄은 특별했다.

'겨우내 언 땅속에서 뿌리가 죽지 않고 살아서 새 생명을 밀어 올리는구나.'

금원은 이제야 조금 알 것 같다. 한 계절이 가고 다음 계절이 올 때마다 자연은 거대한 소용돌이를 건너왔음을. 맵찬 바람과 찌는 듯한 햇볕을 견디며 뿌리는 가지에, 가지는 잎에 숨결을 전했을 것이다.

금원은 가지를 뚫고 나와 꽃잎을 터뜨리는 나무들이 새삼 신비롭기까지 했다. '열흘 동안 붉은 꽃은 없다'는 말이 있지만 꽃들의 시간은 영원하리라. 제한된 자유이긴 하지만 이번 유람이 자신의 생에 꽃을 피우는 순간이라는 생각이 들자 금원은 가슴이 벅찼다. 금원은 만발한 봄꽃들을 기쁜 마음으로 바라보았다.

얼마나 걸었을까. 다리가 팍팍하고 발바닥이 욱신거렸다. 금원
은 오보록이 모여 있는 쑥 무더기 옆에 앉았다. 쑥 향기가 콧속으
로 밀려들어 왔다. 문득 기억 하나가 떠올라 금원은 빙긋이 웃음
을 지었다.

어느 봄날, 금원은 같은 마을 친구인 죽서와 동생 경춘과 함께
마실을 나왔다. 길가에 피어난 쑥에 눈이 팔렸다. 경춘이 어머니
께 쑥버무리를 해 달라고 하자며 쑥을 뜯자고 했다. 셋은 쪼그려
앉아 쑥을 뜯기 시작했다. 한참 후 각자 뜯은 쑥을 죽서 치마폭
에 모았다. 그런데 금원이 뜯어 온 쑥을 보고 죽서가 어이없다는
듯 웃었다.

"쑥 반, 잡초 반이네. 금원이는 겉모양만 여자지, 속에는 사내가
살고 있나 봐."

그러고 보니 죽서와 경춘이 뜯은 쑥은 잡초 하나 없이 깔끔했
다. 금원은 멋쩍어 웃고 말았다. 죽서가 그날의 일만 가지고 사내
운운한 건 아니었다. 평소 차분하고 내성적인 죽서와 달리 금원
은 호기심도 많고 호방한 성격이었다. 규방보다는 담장 밖 세상
에 관심이 더 많았다.

'후후, 죽서 말이 맞네. 결국 사내 옷을 입고 세상 유람을 나섰
으니.'

금원은 선암 계곡 쪽으로 길을 잡아들었다. 단양 팔경 가운데

삼경인 상선암, 중선암, 하선암이 길게 이어져 진풍경을 이룬다. 계곡을 따라 쭉 들어가니 바둑판처럼 생긴 바위가 보였다. 신선들이 앉아 바둑이라도 두었을 법했다. 실제로 그런 전설이 내려오는 바위다. 한 나무꾼이 도낏자루 썩는 줄 모르고 신선들의 바둑을 구경하다 집에 갔더니 세월이 흘러 자기 5대손이 집을 지키고 있더라는 이야기다.

'그럴 만하네. 이곳에 앉아 있으면 시간 가는 줄 모르겠어.'

금원은 바둑판 바위에 앉아 주변의 빼어난 풍경을 바라보았다. 계곡 물소리가 편안하게 귓속을 파고들었다. 봄 햇살에 나른해진 몸속으로 잠이 몰려왔다. 금원의 눈이 스르르 감겼다.

바둑은 끝날 줄 몰랐다. 신선들은 무릎까지 내려오는 하얀 수염을 쓸어내리며 바둑돌을 한 점, 한 점 공들여 놓았다. 오른쪽에 앉은 신선이 궁지에 몰렸다 싶었는데, 묘수로 상대의 허를 찔렀다. 드디어 승부가 나나 싶은 찰나, 맞은편 신선이 반격에 나섰다. 금원은 시간 가는 줄 모르고 신선들의 바둑을 구경했다.

해가 서쪽으로 기울자 금원은 깜짝 놀라 집으로 향했다. 여자가 마실이나 나다닌다고 어머니께 지청구를 듣게 생겼다. 금원은 숨이 턱에 닿도록 뛰었다.

"어머니, 저 왔어요. 헉헉."

숨을 헐떡이며 안방 문을 열었다. 어머니는 보이지 않았다. 건

넛방 문을 열었다. 경춘이 책을 편 채 앉아 있었다.

"경춘아, 어머니 어디 가셨……."

금원은 눈이 휘둥그레졌다. 경춘의 차림새가 해괴망측했다. 머리는 평소처럼 곱게 땋아 내렸지만, 도포를 입고 있었다. 게다가 바지 차림이었다. 경춘이도 남장을 했나?

그때 경춘이 벌떡 일어서며 말했다.

"누구세요?"

다시 보니 경춘이 아니었다. 얼굴은 경춘과 닮았지만, 키와 몸집이 훨씬 컸다. 도대체 어떻게 된 일인지 어안이 벙벙했다.

"우리 경춘이는 어디 가고, 당신은 누군데 우리 방에 있소?"

"무슨 소리요? 여긴 내 방이오! 당신이야말로 누굽니까?"

여자인 건 분명한데 얼핏 선비처럼 보였다.

"나는 이 집 딸 김금원이오."

금원이 자신의 신분을 밝혔다.

"김, 금, 원?"

경춘을 닮은 이가 고개를 갸우뚱했다.

"제 5대 조상님 가운데 그 함자를 가진 분이 있다고 들었습니다."

"5대 조상?"

"예, 그런데 금강산으로 유람을 떠난 뒤 돌아오지 않으셨다고 합니다."

66

금원은 믿을 수가 없어 집안 곳곳을 뒤졌다. 어머니의 흔적도 경춘의 흔적도 찾을 수 없었다.

'이게 도대체 어찌 된 영문이지?'

불현듯 한 생각이 머리를 스쳤다. 신선들의 바둑을 구경하는 동안 세월이 흘러 버렸음을 깨달았다.

"그런데 왜 남장을 하고 있지?"

금원이 5대손에게 물었다.

"남장한 것이 아니라 그냥 편하게 입은 겁니다. 저는 과거를 준비하고 있습니다."

별일 아니라는 듯 5대손이 어깨를 으쓱했다.

"과거를 본다고? 여자가?"

금원은 믿어지지 않았다.

"할머님이 살던 시절에는 불가능했는지 모르지만, 지금은 여자도 과거를 볼 수 있습니다. 신분에 상관없이 볼 수 있답니다."

"그게 정말이야?"

금원의 눈이 튀어나올 듯이 커졌다. 이게 꿈인지 생시인지 믿어지지 않아 자기 볼을 꼬집어 보았다. 아야, 볼이 따가운 것을 느끼며 금원은 번쩍 눈을 떴다.

새파란 하늘 위에 목화솜 같은 구름이 몽실몽실 피어 있었다. 눈이 부셨다. 졸졸 물소리가 편안하게 들려왔다.

'물소리?'

금원은 벌떡 일어나 주위를 두리번거렸다. 5대손은 온데간데없고, 바둑판 바위 위에 덩그러니 혼자였다.

'꿈이었구나!'

그제야 금원은 깜박 잠이 들었다는 것을 깨달았다.

'참 기묘한 꿈이네.'

5대손이라니, 여자도 과거를 볼 수 있는 시대라니, 남장이 허물이 아니라니. 어이가 없었지만, 기분은 괜찮았다. 정말 5대손이 사는 미래에는 그런 세상이 올까? 여자도 공부해서 과거를 볼 수 있고, 신분 차별이 없는 세상이 올까? 신선들도 이 시대의 여자들이 불쌍해서 그런 꿈을 꾸게 했나. 금원은 피식 웃었다.

"턱없는 소리!"

금원은 자신이 뱉은 말에 깜짝 놀랐다. 그 말이 왠지 목에 걸린 가시처럼 기억 속에서 움찔거렸다.

'맞아, 죽서가 했던 말이야.'

금원은 죽서를 찾아갔다. 금강산 유람을 보내 달라고 졸랐다가 또 혼이 난 날이었다. 답답한 마음을 친구에게 위로받고 싶었다.

"죽서야!"

"금원이구나, 어서 와."

금원과 죽서는 어려서부터 친했다. 신분이 같아 비슷한 처지기도 했지만 둘은 닮은 점이 많았다. 책을 좋아하고, 시 짓기를 좋아하고, 어려서 몸이 약해 병치레를 자주 한 것도 닮았다. 조용한 성품을 지닌 죽서는 호방한 성격의 금원과 잘 어울렸다. 그러나 둘은 다른 점도 있었다. 죽서는 시도 잘 지었지만 바느질 솜씨도 좋았다. 책을 가까이하면서도 규방 일도 게을리하지 않았다. 그래서 어머니는 금원과 죽서를 비교하곤 했다. 어머니의 속셈은 뻔했다. 금원이 죽서처럼 규방 일에도 관심을 가졌으면 하는 거였다. 금원은 죽서의 훌륭한 시문 실력은 샘이 났지만, 바느질 솜씨는 전혀 부럽지 않았다.

그날도 죽서는 바느질하고 있었는지 방 안에 옷감이 쌓여 있었다. 한쪽에 밀어 놓은 책상 위에는 역사서와 경서가 잔뜩 쌓여 있었다. 바느질하는 짬짬이 책을 읽는지, 책을 읽는 짬짬이 바느질을 하는지 모를 지경이었다. 아버지를 일찍 여읜 죽서네 형편상 바느질은 생계였다. 책만큼이나 잔뜩 쌓인 바느질감 앞에서 금원은 자신의 기분을 쉽게 털어놓을 수 없었다.

"금원아, 무슨 일 있어?"

죽서가 금원의 얼굴을 설핏 살피더니 물었다.

"그렇게 보여? 역시 동무는 이심전심이네. 아까는 울적했는데 괜찮아졌어. 부지런히 일하는 너를 보니까 마음이 풀리네."

"뭐? 싱겁기는. 호호호."

죽서는 웃음을 터뜨렸다. 금원도 따라 웃었다. 몸이 약한 죽서는 웃어도 어딘가 그늘져 보였다. 그때 책상 맨 위에 올라 있는 책 제목이 눈에 들어왔다.

"어, 너도 이 책 읽고 있었구나? 나도 봤는데."

죽서가 고개를 끄덕였다. 금원은 책을 집어 들었다. 윤지당 임씨 부인이 쓴 책이었다.

"이분 말씀 중에 정말 맘에 드는 구절이 있어. 내 생각이랑 꼭 같거든."

금원이 자랑스럽게 말했다.

"그래? 어떤 구절인데?"

"너도 읽은 대목일지 몰라. '하늘에서 받은 성품은 애당초 남녀의 차이가 없으니 여자로 태어나 성인의 경지에 이르기 위해 노력하지 않는 이는 자포자기한 사람이다.' 너무 멋진 말이지 않아? 이런 분이 우리와 같은 하늘 아래서 살았다는 게 너무 자랑스러워. 나도 내 이름을 단 책을 꼭 남기고 싶어."

금원이 의기양양하게 이야기했다. 그런데 죽서는 심드렁한 표정이었다.

"그분은 명문가 여식으로 태어나 정실부인으로 살았어. 우리하고는 애당초 처지가 달라. 우리 같은 처지에 학문을 한들 내 생각을 당당하게 세상에 남길 수 있을 것 같아? 누가 인정해 주기나 할 것 같아? 턱없는 소리지."

죽서가 뾰족하게 말했다.

"왜 안 돼? 문은 두드리는 사람에게 열리게 되어 있어. 양반가 여인이라고 다 책을 남기진 않잖아. 윤지당 부인은 자신이 목표한 문을 찾아 두드렸기에 열 수 있었던 거야."

죽서는 금원과 죽이 잘 맞다가도 한 번씩 부딪쳤다. 생각이 다른 부분이 있었다. 금원이 낙천적인 성격이라면 죽서는 현실감이 강한 성격이었다. 그러나 금원은 죽서를 너무 좋아해서 어른이 되어서도 자매처럼 오순도순 정답게 살고 싶었다.

"나는 굳게 닫힌 문을 굳이 열고 싶지 않아. 내 힘으로 되는 일도 아니고, 그냥 내가 할 수 있는 거나 할래. 답답할 땐 시로 마음을 달래면서 조용히 살아갈 거야."

죽서가 한숨을 내쉬며 말했다.

"왜 안 열릴 거라고 단정해? 간절히 원하면 열릴 수도 있지 않을까?"

"네가 그토록 간절히 원하는 금강산 유람도 가망 없는 일이잖아. 여자의 몸으로 금강산 유람이라니 어림도 없는 소리지."

"어림도 없는 소리라고?"

금원은 죽서의 말에 마음이 상했다. 안 그래도 울적해 찾아왔는데 동무라는 아이가 기나 죽이고. 그러나 죽서와 논쟁을 이어갈 수는 없었다. 금원은 조용히 죽서의 집을 나왔다.

그러나 금원은 결국 해냈다. 죽서가 어림없는 소리라고, 가망 없는 일이라고 한 유람을 당당히 하고 있지 않은가.

'죽서야, 너도 내가 보는 것을 같이 보면 얼마나 좋을까. 돌아가면 내가 본 것들을 다 이야기해 줄게. 기다려라, 박죽서!'

단양 팔경 가운데 네 곳을 둘러보았다. 아쉬운 마음을 뒤로하고 다시 길을 나섰다.

"가자, 금강산으로!"

오르고 또 오르면

"휴, 저기로구나!"

병풍처럼 둘러친 산자락에 등을 기대고 지어진 작은 초가집이 보였다. 금원은 안도의 숨을 내쉬었다. 이틀 동안 꼬박 산길을 걸어 도착한 이곳은 금강산 출발지로 소문 난 곳이다. 길을 나설 때부터 유람할 곳에 대한 정보를 여러 경로를 통해 알아 두었지만, 막상 가 보면 소문과 다른 경우가 종종 있었다. 그래서 단양을 둘러보고 오는 길에 금원은 금강산 출발 지점에 대해 다시 한번 알아보았다. 금강산에 이르는 길은 여러 경로가 있지만 대체로 많은 사람이 오르는 곳을 택했다.

금원은 초가집 뒤로 웅장하게 보이는 산봉우리를 바라보았다. 아직 금강산에 들어선 건 아니지만 그 산자락 아래 있다고 생각하니 금원은 눈물이 핑 돌았다.

'눈으로만 보지 말고, 내 몸의 솜털 하나까지 다 일으켜 세워

온몸으로 기억하자.'

금원은 각오를 단단히 다지고 초가집으로 걸음을 재촉했다.

금강산은 계절에 따라 부르는 이름이 다르다. 그 이유는 계절마다 풍경과 색이 다르기 때문이다. 봄에는 금강산, 여름에는 봉래산, 가을에는 풍악산, 겨울에는 개골산이라고 부른다. 금원은 여름과 가을, 겨울의 금강산을 볼 수 없는 게 아쉬웠지만 제일 아름답다는 봄의 금강산을 볼 수 있는 것만으로도 감사하고 또 감사했다.

초가집 마당에는 여러 사람이 서성거리고 있었다. 모두 남자였다. 금원은 마당 안으로 들어가려다 주춤했다. 남장 차림임을 깜박 잊고 본능적으로 몸을 사리는 행동이 나온 것이다.

"더 안 계십니까?"

마당 안에서 건장한 체격의 남자가 소리쳤다. 행색이 스님처럼 보였다. 머리에 수건을 질끈 동여맸지만 자세히 보니 삭발이었다. 옷도 헐렁한 진회색 승복 같았다.

금원은 막 도착한 터라 사정을 몰라 마침 옆에 서 있는 사람에게 물었다. 패랭이를 눌러쓴 남자였다.

"무슨 말입니까?"

"내일 아침에 출발할 사람을 모으는 것이네. 보아하니 그쪽도 금강산 유람을 온 모양인데 얼른 가서 신청하게나."

패랭이 사내가 금원을 쳐다보더니 대답했다.

"내일이요? 저분이 길잡이입니까?"

"금강산 어느 절에 있다가 하산해 금강산 안내만 하면서 산다는군. 내금강 구석구석을 저이만큼 잘 아는 사람이 없다고 하니 운이 참 좋군."

금원의 추측이 맞았다.

"그쪽도 금강산에 가십니까?"

"물론이네. 나도 막 신청하고 나온 참이네."

금원은 아무래도 먼저 말을 튼 사람과 길동무해서 가는 게 좋겠다 싶어 마음이 동했다.

"몇 명이나 모집합니까?"

"보통 예닐곱 명이 짝을 지어 움직인다네. 자리가 남았나 보네."

금원은 서둘러야겠다 싶어 마당으로 들어가 손을 번쩍 들었다.

"여기요, 저도 가겠습니다!"

길잡이가 금원에게 다가오더니 위아래를 훑어보았다.

"다른 일행은 없나, 아니 없소?"

길잡이가 말을 놓다가 이내 고쳐 물었다. 금원이 혼자 산행하기에는 어려 보였을 터이다.

"예, 혼자입니다."

길잡이는 금원의 왜소한 체격이 마음에 걸리는지 고개를 갸우뚱했다. 험준한 산길을 따라올 수 있으려나 걱정이 되는 표정으로 쳐다보았다.

"열흘 전에 원주에서 출발하여 제천 의림지와 단양 팔경을 둘러보고 오는 길입니다."

금원이 길잡이의 의중을 알아차리고 목에 힘을 주어 말했다.

"혼자서 그 먼 거리를 거쳐 왔단 말인가?"

"예!"

"호, 뉘 댁 자제인지 모르나 참으로 당차네그려."

뒤쪽에 있던 키 큰 남자가 나서며 말했다.

"거참, 보기와는 다르네. 나이가 몇인가?"

마당으로 따라 들어온 패랭이도 조금 전과는 다른 눈빛으로 금원을 바라보았다. 금원은 잠시 당황했지만 얼른 대답했다.

"열여섯 살입니다. 세상 구경 한번 하고 오라는 아버님의 명을 받자와 나선 길입니다."

믿거나 말거나 나이를 올려 둘러댔다. 아무도 토를 달지 않았다. 금원이 마르긴 했으나 다행히 또래보다 키가 커서 믿는 눈치였다.

"그럼 내일 출발할 인원은 다 찼으니 오늘은 여기서 묵으시고, 내일 아침 해 뜨면 바로 출발하겠습니다. 되도록 짐은 가볍게 하십시오!"

길잡이가 다시 한번 인원을 점검하기 위해 신청자들의 이름을 불렀다. 길잡이를 포함해 여섯 명이었다. 함께 떠날 사람들은 통성명하고 인사를 나누었다.

"충청도에서 온 허가요."

먼저 패랭이가 자기소개를 했다.

"한양에서 온 박 생원이오. 내가 나이가 제일 많은 거 같소이다. 잘 부탁하오."

중년으로 보이는 선비였다.

"나도 한양에서 왔소이다. 잘해 봅시다."

훤칠한 키에 어딘가 뺀질거리는 분위기를 풍기는 도령이었다. 산행을 온 사람이 고급스러운 도포 차림에 장신구까지 매달고 있었다.

"나는 강원도에서 온 백면서생입니다. 박가요. 다들 반갑소이다, 하하하."

호탕한 기질의 사내가 인사했다. 금원은 강원도라는 말에 흠칫하여 옆으로 비켜섰다. 그럴 리 없겠지만 혹여 자신을 알아볼까 조심스러웠다.

"저는 원주에서 온 김가입니다. 잘 부탁드립니다."

금원은 조금 전과는 다르게 점잖은 말투로 인사했다. 일행 가운데 제일 어리니 만만하게 보일지도 몰랐다. 특히 한양 도령에게 얕보이지 않아야겠다는 생각이 들었다.

인사가 끝나자 다들 방으로 들어갔다. 금원은 근처에서 풍경을 구경하며 시간을 보냈다. 그토록 오고 싶었던 금강산이 바로 가까이에 있으니 가슴이 콩닥거렸다. 꿈에 그리던 금강산이 바로 눈앞에 있는데 잠이 올 리 없었다. 금원은 새벽까지 뒤척이다 겨우 잠이 들었다.

이튿날 아침, 일행은 준비를 마치고 마당에 모였다. 길잡이는 출발하기에 앞서 금강산 여정에 대해 설명했다.

"첫 방문지는 단발령입니다. 단발령은 내금강으로 가는 관문이면서 금강산의 전체 모습을 조망할 수 있는 비경입니다. 여러분의 기대를 저버리지 않을 것입니다. 숙식은 절에서 해결하고, 차례차례 한 군데씩 둘러볼 예정입니다. 모쪼록 무탈하게 유람할 수 있도록 힘을 모아 주십시오."

얼마나 꿈꾸던 순간인가. 금원은 돌 하나, 나무 한 그루라도 허투루 지나치지 않으리라 다짐하며 걸음을 내디뎠다. 마치 과장에 들어가는 사람처럼 비장한 각오를 다졌다. 아니 그보다 더한 마음이었다. 과거에 떨어진 선비에게는 다음 기회가 있지만 금원에게 금강산 유람은 다시 없을 기회였다. 한 발, 한 발 내딛는 걸음이 어렵게 구한 새 책을 읽는 것처럼 감격스러웠다.

구불텅구불텅 산허리를 휘감은 길을 따라 조금씩 위로 올라갔다. 건장한 남자들 사이에서 금원의 왜소한 체격은 눈에 띄었다. 길잡이는 금원이 걱정되는지 행렬의 중간에 서라고 했다. 금원은 고마웠지만 사양했다. 처음부터 어리다고 배려받으면 스스로 약해질까 걱정되었기 때문이다.

"괜찮습니다. 벌써 수백 리 길을 혼자 걸었습니다."

금원은 짐짓 목에 힘을 주고 어른스럽게 말했다.

"괜찮다는데 왜들 그러시오? 한창 크는 아이 기죽이지 말고 어서들 갑시다. 휴, 힘들어 죽겠네."

한양 도령이 본새 없게 말했다. 같은 말이라도 좀 좋게 할 수 없나? 아이라니! 금원은 그를 흘겨보았다. 여전히 걱정스러운 표정으로 쳐다보는 일행 때문에 금원은 어쩔 수 없이 길잡이 말에 따랐다.

위로 오를수록 길은 좁고 가팔랐다. 숨이 차고, 발에 흙덩이를 매단 듯 몸이 무거웠다. 걸음이 처지면서 앞사람과 간격이 벌어지자 뒷사람이 답답했는지 앞질러 갔다. 성큼성큼 보폭이 큰 남자들에 비해 금원의 걸음은 종종거리고 느렸다. 금원은 맨 뒤로 처져서 따라가기 바빴다. 금원이 너무 처진다 싶으면 앞서가던 사람들이 쉬면서 금원이 따라올 때까지 기다려 주었다. 그러나 금원이 따라잡는다 싶으면 이내 일어나 길을 재촉했다.

"흠, 오래 앉아 있을 수 없으니……."

"예, 곧 따라가겠습니다."

금원은 폐를 끼칠까 봐 힘든 내색을 할 수 없었다. 앞사람과 멀어지지 않으려면 부지런히 따라붙어야 했다. 경치를 감상할 여유도 없었다.

한참을 걷고 있을 때 갑자기 앞쪽에서 길잡이가 소리쳤다.

"아래를 내려다보지 마십시오!"

아래를 내려다보지 말라고? 갑작스러운 그 말이 오히려 자극되어 금원은 아래를 내려다보고 말았다. 으악, 발아래로 천 길 낭떠러지였다. 마치 자신이 허공에 서 있는 것 같았다. 다리가 후들거렸다. 하마터면 그대로 주저앉을 뻔했다.

"이보시오, 아래로 돌 굴리지 마시오."

길잡이가 누군가를 향해 소리쳤다. 목소리에 짜증이 잔뜩 묻어 있었다.

"한없이 굴러가는 걸 보니 꽤 높이 올라왔나 보오."

한양 도령의 짓이었다. 한양 도령은 말투나 행동으로 보아 행세깨나 하는 양반집 자제 같았다. 거만하고 제멋대로였다. 자주 길잡이의 당부를 무시하고 돌발 행동을 하는가 하면, 길잡이를 아랫사람 대하듯 했다.

"산에서는 제 말을 따라 주셔야 합니다. 잘못하면 모두가 위험에 빠질 수 있습니다!"

"맞소, 길잡이의 말을 따릅시다. 우리 모두의 안전을 위해서."

패랭이가 길잡이에게 힘을 실어 주었다. 다른 일행도 장난기 섞인 한양 도령의 행동에 눈살을 찌푸리자 그가 변명하듯 말했다.

"아, 미안하오. 얼마나 높이 올라왔는지 궁금한 마음에……."

금원도 그의 가벼운 언행에 짜증이 나던 터였다. 어쩌다 그와 앞서거니 뒤서거니 하게 되면 사내가 너무 곱상하게 생겼다는 둥

약해 빠진 몸으로 어떻게 유람을 다니느냐는 둥 농을 던졌다. 뺀질뺀질하니 첫인상이 좋지 않더니 느낌 그대로의 인물이었다.

해가 정수리에 왔을 때쯤, 일행은 너럭바위에 걸터앉아 간단하게 행찬으로 요기했다. 길잡이가 미리 준비한 도시락이었다.

'금강산 구경도 식후경이라……'

힘든 산행 뒤에 먹는 음식은 꿀맛이었다. 평소 좋아하지 않는 반찬도 남김없이 먹어 치웠다. 금원은 배를 채우고 나니 마음이 느긋해졌다. 그제야 주변 경치가 눈에 들어왔다. 산 너머 산이 있고, 또 그 너머도 산이었다. 산이 멀수록 차츰 옅어지는 색이 거리감을 나타내고 있었다. 첩첩 포개진 산과 산 사이로 구름이 내려앉아 신비롭게 보였다. 헉헉대며 오르기만 할 때는 보이지 않던 풍경이 하나하나 눈에 들어왔다.

'산은 한 가지 색으로도 많은 것을 그리고 있구나.'

다른 이들도 주변 풍경에 눈을 빼앗긴 듯 감탄했다.

"아직까진 다른 산과 별반 다를 게 없지요. 진짜 금강산은 단발령에 올라야 보입니다."

주변 산세에 넋을 놓고 있는 일행을 보면서 길잡이가 말했다.

길잡이는 다른 산과 별반 다를 게 없다고 말했지만 금원은 충분히 의미 있게 느꼈다. 사람들은 흔히 아름다운 자연을 보면 그림처럼 아름답다고 말한다. 그러나 그 어느 화공이 저 풍경을 온전히 그려 낼 수 있단 말인가.

"자, 이제 출발합니다. 단발령까지 얼마 남지 않았으니 다들 힘
내십시오. 단발령에서 보아야 금강산의 진면목을 볼 수 있습니다."

길잡이가 재촉했다.

위로 오를수록 길은 더 좁아지고 바위투성이였다.

"젖은 돌은 미끄러우니 각별히 조심하십시오. 발을 살짝 옆으
로 밟으십시오."

길잡이의 목소리가 층층 암벽에 부딪혀 메아리로 울려 퍼졌
다. 그늘진 곳의 바위는 미끄러웠다. 길잡이가 시키는 대로 옆으
로 밟아도 미끄러웠다. 금원은 균형을 잡느라 애를 써야 했다. 넘
어지지 않으려고 거친 바위나 나뭇가지를 움켜쥐는 바람에 손에
상처가 났다. 금원은 몇 번이나 넘어져 엉덩방아를 찧었다.

"아이코!"

아픔보다도 창피한 마음에 벌떡 일어섰다. 나중에는 창피한 것
보다 남장한 게 들킬까 봐 가슴을 졸였다. 맨 꼴찌로 뒤처진 게
차라리 잘된 것 같았다. 길잡이가 몇 번이나 다시 중간에 세워 주
려 했지만 금원은 극구 사양했다. 뒤서 가는 게 마음 편했다.

얼마쯤 가다 길잡이가 또 소리쳤다.

"여긴 따로 길이 없으니 바위를 타고 넘어야 합니다. 뒷사람이
앞사람을 밀어 올려 주면 올라가서 뒷사람의 손을 잡아끌어 주
십시오. 그러면 한결 수월하게 넘을 수 있습니다."

'엥? 밀어 올려 주라고?'

금원은 진땀이 났다. 금원 앞에는 패랭이 사내가 있었다. 얼추 보아도 무게가 금원의 두 배는 될 듯했다. 게다가 위로 밀어 주려면 엉덩이를 만져야 하는데 난감한 일이었다. 그렇다고 순서를 바꿔 패랭이가 뒤에서 올려 주는 것은 더 난감한 일. 주변에는 움켜쥘 만한 나뭇가지나 풀도 없고 온통 바위투성이였다.

패랭이 차례가 되자 패랭이는 패기 있게 바위를 움켜잡았다. 금원은 제발 패랭이 혼자서도 잘 올라가기를 바랐다. 패랭이는 몇 번 낑낑대더니 손을 놓았다. 생각보다 힘든 모양이었다.

"안 되겠는데."

패랭이가 금원을 흘낏 돌아보았다. 금원은 진땀이 났다. 그런데 갑자기 패랭이가 금원의 뒤로 갔다. 아무래도 왜소한 체구의 금원이 자신을 올려 주기가 힘들겠다고 생각한 모양이었다. 패랭이가 금원을 들어 올리려고 몸에 손을 댔다. 금원이 깜짝 놀라 패랭이의 손을 세차게 뿌리쳤다.

"괘, 괜찮습니다. 제가 올라가겠습니다."

순간 패랭이의 표정이 굳어졌다.

"나 원 참, 여인네처럼 내외하네그려."

무안했는지 패랭이가 툴툴거렸다. 금원은 정신이 번쩍 들어 얼른 둘러댔다.

"아, 제가 간지럼을 유난히 많이 탑니다. 먼저 올라가시고 저는 손만 좀 잡아 주십시오."

금원이 겸연쩍게 웃어 보이자 패랭이 표정도 풀리는 듯했다.

"그러지, 뭐."

금원은 속으로 깊은숨을 내쉬었다.

'피할 수 없다면, 패랭이가 내 몸을 만지는 것보다 차라리 내가 패랭이를 만지는 게 낫지.'

위에서 빨리 오라고 재촉하는 소리가 들렸다. 패랭이가 다시 바위를 붙잡았다. 금원은 끙끙대는 패랭이의 엉덩이를 밀었다. 힘이 되었는지 패랭이가 바위 위로 올라갔다. 금원은 패랭이가 내민 손을 잡고 간신히 바위로 올라왔다.

"조금 더 속도를 내야겠습니다. 예정한 시각까지 단발령에 도착하려면 서둘러야 합니다!"

금원뿐만 아니라 모두 힘든 기색이 역력했다. 외모에 잔뜩 힘을 주었던 한양 도령도 어느 순간부터 아무렇게나 옷소매를 걷어붙였다. 강원도에서 온 호탕한 기질의 백면서생은 비지땀을 흘려 댔다. 한양 박 생원은 쥘부채로 연신 부채질해 댔다. 일행 가운데 짐이 제일 많아 보이는 패랭이는 오히려 힘든 내색을 하지 않았다.

금강산은 쉽게 제 모습을 보여 주지 않았다. 단발령까지 남은 거리는 지나온 거리보다는 짧았지만 절대 만만치 않았다. 걸음도 탄력을 받으면 빨라진다는데 영 속도가 나지 않았다. 금원은 두 주먹을 불끈 쥐었다.

'오르고 또 오르면 못 오를 리 없지.'

사실 금원은 몸이 힘든 것보다 마음의 긴장이 더 힘들었다. 남자의 손을 잡고 도움을 받아야 할 때, 바위틈을 빠져나가느라 몸을 밀착해야 할 때, 땀을 식히느라 앞가슴을 풀어 헤친 남자의 가슴을 보게 되었을 때 여자로서의 습성이 불쑥 튀어나와 당황스러웠다. 그럴 때마다 티 내지 않으려고 조심해야 하는 것이 한층 피로감을 더했다.

"다 왔습니다. 단발령이 보입니다!"

한참의 산행 끝에 길잡이가 소리쳤다. 순간 모두 걸음을 멈추고 길잡이를 쳐다보았다. 일행보다 조금 위쪽에 서 있던 길잡이가 손가락으로 어딘가를 가리켰다. 그가 가리키는 곳으로 고개를 돌렸다. 그러나 특별한 경관은 보이지 않았다. 모두 두리번거리고 있는데 길잡이가 또다시 소리쳤다.

"반 식경만 더 가면 됩니다, 하하하."

길잡이가 너털웃음을 터뜨렸다. 지친 일행에게 희망을 주려는 의도였겠지만 금원은 화가 났다.

"다 왔다면서요?"

금원이 뾰로통한 얼굴로 되받았다.

"어이쿠, 도령께선 아직 기운이 넘칩니다. 하하, 다행입니다."

병 주고 약 주는 건가. 하긴 길잡이의 말처럼 금원은 요령이 생겼는지 미끄러지거나 넘어지는 횟수가 줄었다. 앞사람과 간격도 유지하면서 잘 걸어왔다.

오르고 또 올랐다. 어느 순간 주변이 환해지며 눈앞이 확 트였다. 드디어 단발령에 도착했다.

오! 모두의 입에서 감탄사가 터져 나왔다. 다른 말은 다 잊어버린 듯 모두 같은 소리만 되뇌었다. 이 세상 풍경이라고 하기에는 믿어지지 않을 정도로 장관이었다. 구름 위로 솟아오른 금강산 만이천봉은 누가 요술이라도 부려 놓은 것 같았다. 금강산의 속살은 신비로움 그 자체였다.

금원은 금강산 그림을 처음 보았을 때가 생각났다. 머리를 한 대 얻어맞은 듯한 충격에 휩싸였던 그 순간도 지금과 같았다.

한참 후에야 사람들은 저마다의 감격을 말로 쏟아 냈다.

"과연 단발령이라는 이름이 딱 제격이로구먼."

패랭이가 감흥에 젖은 채 신음처럼 내뱉었다.

"제격이라니요?"

금원이 의아해서 물었다. 그저 고개 이름이겠거니 했는데 단발령에 무슨 사연이 있나.

"단발령이라는 이름은, 이 광경을 직접 본 사람이 다시는 속세로 돌아가고 싶은 마음이 없어 '머리를 깎고' 금강산에 들고 싶다고 한 데서 유래되었습니다."

길잡이가 나서서 설명해 주었다. 금원과 일행은 그럴 만하다고 생각하는지 고개를 끄덕였다.

"또 다른 이야기도 있지요."

패랭이가 이야기를 받았다.

"또 다른 이야기요?"

금원은 단발령에 얽힌 또 다른 이야기가 궁금했다.

"신라의 마지막 임금인 경순왕이 고려에 항복하자 그 아들인 마의태자가 금강산으로 들어왔는데, 이곳에서 저 광경을 보고는 머리를 깎았다지요. 신라의 재건을 도모하러 왔을 텐데, 왜 그랬을까요?"

패랭이는 그 이유를 찾기라도 하려는 듯 눈빛을 빛냈다.

"휴, 내가 마의태자였어도 그랬을 것 같습니다."

강원도 선비가 한숨을 내쉬며 말했다. 한양 도령도 고개를 끄덕이더니 금원을 쳐다보았다. 마치 금원의 생각을 묻는 듯이.

'내가 마의태자였다면?'

금원은 생각에 잠겼다. 신기루처럼 구름 위에 솟아오른 금강산 만이천봉은 그때도 저 모습이었을까. 마의태자는 힘들게 단발령까지 올라오면서 무슨 생각을 했을까. 나라를 꼭 되찾겠다고 이를 갈았을까, 아니면 불가능한 꿈이라고 포기했을까.

금원은 두 손을 모아 입에 대고 힘껏 소리쳤다.

"이야!"

금원의 외침은 일만 이천 개의 메아리가 되어 금강산으로 날아들었다.

위기

장안사에서 하룻밤을 묵고 길을 나섰다. 거대한 절벽이 마치 거울을 세워 놓은 것처럼 생겼다는 명경대를 찾아 나섰다. 돌무더기가 어지럽게 널려 있는 길을 가는데, 저만치 하늘을 향해 우뚝 치솟은 기이한 바위가 보였다.

"저기 보이는 것이 명경대입니다. 가까워 보이지만 한참 더 가야 합니다. 보시다시피 길이 험하니 조심하십시오!"

길잡이의 주의가 아니어도 일행은 하나같이 엉거주춤 걷고 있었다. 돌길이라 까닥 잘못하면 발목을 삐기에 십상이었다.

금원은 잔뜩 긴장한 채 걸었다. 평지는 남들만큼 걷지만 울퉁불퉁한 돌길은 자신이 없었다. 다행히 저번처럼 뒤에서 밀어 올려 줘야 할 만큼 큰 바위를 지나는 길은 아니었지만 넘어지지 않으려면 온 신경을 집중하고 앞만 보고 걸어야 했다.

"곧 다 와 갑니다."

길잡이가 저 앞에서 외쳤다. 많이 다녀 본 길이어서 그런지 길잡이는 유람객들보다 훨씬 앞서가고 있었다. 한참 가다 보니 걷는 순서도 바뀌어 있었다. 금원은 출발할 때는 중간에 서서 걸었는데, 어느새 맨 뒤로 처져 있었다. 이번에는 금원 앞에 한양 도령이 있었다. 그도 금원만큼이나 힘이 드는지 아래만 보고 걸었다.

"이봐!"

갑자기 한양 도령이 뒤를 돌아보았다. 놀란 금원이 고개를 드는 순간, 그의 팔꿈치가 금원의 가슴을 세게 쳤다. 미처 피할 새가 없었다.

"으악!"

금원의 입에서 짧은 비명이 터져 나왔다.

"어이쿠, 잘 따라오는지 보려다가……."

하필 가슴을 정통으로 맞아 숨쉬기가 힘들었다. 금원은 가슴을 감싸 안고 주저앉았다. 눈물이 찔끔 났다.

"왜 그래? 그다지 세게 맞지도 않은 듯한데."

말본새가 얄미웠다. 세게 맞았든 살짝 맞았든 상대가 아파하면 사과부터 해야지. 금원이 한양 도령을 쏘아보았다.

"어디를 어떻게 맞았는데 그러나?"

재밌다는 듯 빙긋 웃어 보이기까지 했다. 그가 금원의 어깨를 잡아 일으키려 했다. 금원이 화들짝 놀라며 그의 손을 뿌리쳤다. 그러자 그가 야릇한 표정으로 가슴 쪽으로 눈길을 돌렸다. 순간 금원은 정신을 차리고 얼른 표정을 고쳤다.

"종기가 나서 곪았는데 하필 그곳을 맞았습니다."

금원이 가슴을 문지르며 말했다.

"그래? 난 또······."

그가 큭큭 웃었다.

"왜 그러십니까?"

"아니, 순간 이상한 생각을 했지 뭐야. 혹시 그대가 여인네인가 하고······."

심장이 쿵 내려앉는 것 같았다. 금원은 재빨리 그의 말을 잘랐다. 그러고는 천연덕스럽게 말을 받았다.

"제가 미소년이다 보니 종종 그런 말을 듣긴 하지요."

심장이 두방망이질해 댔다.

"그래? 하긴 치마만 두르면 처자라고 해도 믿겠어."

"그런 말씀 마십시오. 계속 그렇게 놀리면 저 진짜 화냅니다."

마음 같아서는 한 대 쳐 주고 싶게 열불이 났다. 한양 도령이 계속 실실 웃었다. 난봉꾼 기질이 다분해 보였다. 건들거리며 걷는 품새며 친절을 가장한 능글맞은 웃음이 딱 그랬다. 아주 몸에 밴 습성 같았다.

"뭐 하는가? 빨리 오지 않고."

패랭이가 멀리서 손을 흔들었다.

"간격이 너무 벌어졌습니다."

금원은 한양 도령이 자신에게서 눈길을 거두고 어서 걸어가기를 바라며 말했다. 그런데 그는 막무가내였다.

"알았소, 먼저 가시오."

한양 도령이 패랭이에게 소리쳤다.

"어서 따라붙어야지요. 명경대가 지척입니다."

금원이 한양 도령을 다그쳤다.

"우리 젊은이들끼리 얘기나 나누며 가세나. 편하게 형님이라고 부르게."

그가 느물거리며 말했다. 금원은 그럴 마음이 추호도 없었다.

"그럼 천천히 오십시오."

금원은 그를 지나쳐 성큼성큼 걸어갔다. 돌길에 넘어질까 전전긍긍하던 마음은 사라지고, 과감하게 걸어 패랭이와 간격을 좁혔다. 금원은 뛰듯이 걸으면서 속으로 구시렁거렸다.

'여인네의 몸은 유람하기에도 불편하기 짝이 없네.'

가슴에서 뭉근한 통증이 이어졌다.

봄날 같지 않게 햇볕이 쨍쨍했다. 만폭동을 찾아 나섰다. 만폭동은 수정 같은 물이 흘러내리면서 만든 크고 작은 폭포와 연못이 이어지는 골짜기다. 길잡이는 내금강의 속살을 더듬듯 만폭동 골짜기를 더듬어 내려갔다.

"산은 본래 하나지만 만 가지로 갈려 온갖 모습을 보여 줍니다.

그에 반해 물은 만 줄기이나 끝내 하나로 모여들지요. 천파만파, 수없이 다른 모습을 보여 주면서요."

'만폭 팔담'으로 유명한 흑룡담, 비파담, 벽파담, 분설담, 진주담, 구담, 선담, 화룡담의 물이 서로 다른 사연을 품고 만폭동 골짜기로 모여들었다. 마치 금원과 일행이 서로 다른 곳에서 한 가지 소망을 품고 금강산에 모여들었듯이.

어느 골짜기에서는 산이 무너지기라도 할 듯 폭포 소리가 장엄한데, 주위를 나는 새들이나 뛰노는 들짐승들은 평화롭게 봄을 만끽하고 있었다. 선녀들이 목욕하고 갔다는 연못은 하늘을 고스란히 담고 있었다. 하늘에는 맑은 물이 없어 선녀들이 이곳을 탐낸 것인가. 만폭동에 서려 있는 이야기도 덤으로 들었다. 이야기를 듣고 다시 보면 한층 더 신비스럽게 느껴졌다.

만폭동 골짜기 깎아지른 절벽에 매달린 듯 지어진 암자가 있었다. 아래에서 올려다보니 아슬아슬했다. 길잡이의 설명에 따르면, 옛날에 한 비구니가 절벽의 굴속에서 기도하다 앉은 채로 입적하자 사람들이 그를 기려 그 자리에 암자를 지었다고 한다. 바위 절벽에 의지한 채 구리 기둥 하나로 버티고 선 모습을 보는 것만으로도 다리가 후들거렸다.

'무엇이 그토록 간절하기에 자신을 그리도 혹독하게 몰아붙였을까.'

금원은 호기심을 누를 수 없어 올라가 보고 싶었다.

"한번 올라가 보고 싶습니다."

"별거 없습니다. 괜히 다치기라도 하면 큰일입니다."

길잡이가 말렸다. 늘어뜨려져 있는 쇠줄을 잡고 기어 올라가는 것이 유일한 방법이라고 했다. 일행 모두 이구동성으로 금원을 말렸다.

"어허, 저 줄이 끊어지지 말란 법은 없다네."

패랭이도 말렸다.

"저길 올라가겠다고? 호, 보기하고는 다르네."

한양 도령이 금원을 놀란 눈으로 바라보았다. 금원은 호기심을 누를 길이 없었다.

"그래도 올라가 보고 싶습니다. 저곳에 앉으면 어떤 마음인지 느껴 보고 싶습니다."

금원은 기어이 쇠줄을 잡고 굴에 올라갔다. 허리를 똑바로 펴고 설 수 없을 만큼 작은 굴이었다. 은둔자의 고행은 작은 불상 하나와 향로 하나로 요약되어 있었다.

'그 비구니는 자신이 원하는 답을 얻었을까? 기도하는 것만으로 가슴속 갈증이 해소되었을까?'

금원으로서는 불심의 깊이까지는 헤아릴 수 없었다. 금원은 고개를 저으며 굴을 내려왔다.

"물가에서 좀 쉬었다 가지요."

때마침 길잡이의 목소리가 구원처럼 들렸다. 종일 걸어 발이 욱신거리던 참이라 모두 반가워했다.

흰 바위 위를 완만하게 흐르는 물은 맑다 못해 옥빛을 띠었다. 남자들은 각자 적당한 돌에 자리를 잡고 앉아 누가 먼저랄 것도 없이 버선을 벗고 물에 발을 담갔다.

'아, 나도 시원한 물에 발을 담그고 싶다.'

그러나 생각뿐 아무리 남장했다 해도 여자가 사람들 앞에서 맨발을 보일 수는 없었다. 거기까지는 용기가 나지 않았다.

"어이, 자네도 발 좀 담그게나."

강원도 선비가 한쪽에 앉아 있는 금원을 보며 소리쳤다.

"그래, 이리 와서 앉지!"

한양 도령이 거들었다. 금원은 콧방귀를 뀌었다. 천만의 말씀! 명경대 가는 길에서 있었던 일을 생각하면 진저리가 났다. 그가 일부러 가슴을 친 건 아니지만 금원에게 농을 걸려는 의도에서 시작된 건 분명하다. 그 일이 있고 난 뒤부터 금원은 되도록 한양 도령 가까이에 가지 않으려고 애썼다. 어쩌다 눈이 마주치면 얼른 피해 버렸다.

"아, 괜찮습니다. 저는 보는 것만으로도 시원합니다."

그러고는 조금 걸어 아래쪽으로 내려갔다. 차라리 멀리 떨어져 있는 게 편할 것 같았다.

아래쪽은 흘러내린 물이 고여 작은 연못을 이루고 있었다. 주변으로는 둥그렇게 다듬어진 돌들이 깔려 있어 앉기에 좋았다. 금원은 바랑을 내려놓고 돌 위에 앉았다. 햇볕에 달구어진 돌이 구들방처럼 따뜻해 집 생각이 났다.

'어머니, 아버지, 경춘이 모두 보고 싶다.'

식구들 얼굴을 떠올리니 금원은 마음이 훈훈해졌다. 위쪽에서 들려오는 남자들의 말소리와 졸졸 흐르는 물소리가 어우러져 기분 좋은 소리를 만들어 냈다.

금원은 주변을 둘러보았다. 아무도 보이지 않았다. 신을 벗고 물에 발을 담가도 될 것 같았다. 꽉 낀 버선을 벗으니 발가락이 서로 달라붙어 있었다. 오이씨 같은 버선코는 발가락을 숨 막히게 한다. 금원은 발을 주무르다 물에 담그려고 일어섰다.

"아, 좋다."

발바닥에 닿는 따뜻한 돌의 느낌이 참 좋았다. 물에 발을 막 담그려는데 저 앞에 있는 돌 밑에서 무엇인가 움직였다. 뭔가 보려고 가까이 가려던 금원은 그만 나자빠지고 말았다. 검고 기다란 것이 돌 틈에서 쓱 기어 나왔다.

'배, 뱀이다!'

소리를 질렀지만, 목소리는 목구멍을 넘어오지 못했다. 더 크게 소리쳤지만 입은 열리지 않고 신음 소리만 새 나왔다. 기다란 뱀이 돌 틈을 스르르 미끄러지면서 나오더니 멈추었다. 일어나야 하는데, 온몸이 굳어 움직여지지 않았다.

'사, 사람 살려요.'

아무리 소리를 내도 목구멍마저 굳었는지 끅끅 이상한 소리만 났다. 눈앞이 캄캄해지면서 빙그르르 현기증이 났다. 금원은 온 힘을 다해 눈을 부릅떴다. 징그러운 뱀의 모습이 눈앞에 선명하게 보였다. 오금이 저렸다.

'정신 차려. 물리면 죽어!'

금원은 벌벌 떨면서 손에 잡히는 돌을 집어 던졌다. 그런데 돌은 바로 앞에 떨어졌다. 그 바람에 뱀이 목을 꼿꼿하게 세웠다. 금방이라도 달려들 것 같았다.

"으악!"

그제야 목소리가 터져 나왔다. 금원은 벌벌 떨며 뒤로 물러났다.

"왜 그러나?"

한양 도령의 목소리가 들렸다. 어찌나 반가운지 눈물이 핑 돌았다.

"배, 뱀! 저기 뱀이……."

금원이 손을 덜덜 떨며 가리켰다.

"어, 뱀이잖아. 저리 가지 못해!"

한양 도령이 돌을 집어 던졌다. 맞히지는 못했지만 뱀이 돌무더기 속으로 스르르 자취를 감추었다. 한양 도령은 못 잡아서 아쉽다고 툴툴댔다.

금원은 까무러치듯 바닥에 누워 버렸다. 몸이 물먹은 솜처럼 무거웠다. 한양 도령이 눈을 동그랗게 뜨고 금원을 바라보았다.

"그깟 뱀 보고 놀란 건가? 사내대장부가?"

한양 도령이 어이없다는 표정을 지었다. 그러더니 금원의 벗은 발을 바라보았다. 순간 금원은 정신이 번쩍 들어 얼른 돌아앉아 버선을 꿰신었다.

"뱀이 싫어서 그러지요. 사내는 뱀 보고 놀라면 안 된다는 법이라도 있습니까?"

금원은 천연덕스럽게 둘러댔다. 한양 도령이 아무 대꾸를 하지 않자 금원은 그를 쳐다보았다. 말따먹기 선수인 그가 조용한 것이 불안했다. 그가 뭔가 의심하는 것 같았다. 금원의 등에서 식은 땀이 흘러내렸다.

"이제 그만 갑시다!"

위에서 길잡이가 부르는 소리가 들렸다. 금원은 이때다 싶어 얼른 바랑을 메고 일어섰다. 아직도 무릎이 떨렸다.

"아무튼 고맙습니다. 싫은 것을 쫓아 줘서. 이만 가시지요."

금원은 능청스럽게 앞서 걸었다.

보고 느끼는 대로

정양사에 들러 헐성루에 올랐다. 헐성루는 내금강산의 한복판 쯤 된다고 했다. 누각에 올라서니 사방으로 시야가 탁 트여 금강산 만이천봉이 고스란히 보였다. 일만 이천 개의 촛불을 켜 놓은 듯한 봉우리들이 눈부시게 빛났다.

"와! 저 봉우리들 좀 보십시오. 스님들이 합장하고 있는 것 같습니다."

금원이 감탄하여 소리쳤다.

"이곳은 금강산 유람객들이 많이 찾는 곳입니다. 헐성루에 서면 삿된 마음이 사라져 자신을 돌아보는 시간을 갖기에 좋은 곳이라고들 하지요."

눈이 휘둥그레진 일행을 보며 길잡이가 말했다. 눈앞에 펼쳐진 장관을 넋을 잃고 바라보던 일행들이 저마다 한마디씩 했다.

"마치 꽃밭을 보는 것 같군!"

패랭이가 감격에 겨운 목소리로 중얼거렸다.

"하얀 파도가 굽이굽이 밀려오는 것 같군요!"

나이가 제일 많은 박 생원이 말했다.

"번쩍이는 창칼을 들고 쳐들어오는 백만 대군 같습니다."

강원도 선비가 말했다.

"신이 만든 만물상 같습니다."

한양 도령이 말했다. 그 말에 금원도 고개를 끄덕였다. 웬일로 한양 도령과 금원의 생각이 딱 맞아떨어졌다. 처음에는 스님들이 합장한 모습 같더니 한 명씩 말할 때마다 또 그것처럼 보이기도 했다.

일행은 한동안 헐성루에 서서 상념에 젖었다. 여기저기서 중얼 거리는 소리가 들렸다. 길잡이 말대로 장엄하고 아름다운 풍경 앞에서 저마다 자기 삶을 되새기고 있는지 모른다. 같은 풍경을 보면서도 서로 느끼고 해석하는 것은 다르리라. 조선이라는 세상 에서 살아가야 할 신분이 다르고, 남자와 여자의 세상이 다르고, 적자와 서자의 세상이 다르고, 죽서와 금원의 생각이 다르듯이.

얼마 후 일행은 쉬겠다며 하나둘 정양사로 내려갔다. 금원은 헐성루에서 보이는 금강산 경관에 취해 시간 가는 줄 모르고 앉 아 있었다. 일만 이천 개의 봉우리 하나하나를 불러내 검사라도 하려는 듯 보고 또 보았다. 어떤 것은 절을 하는 듯하고, 어떤 것 은 책을 층층이 쌓아 놓은 듯하고, 어떤 것은 부처의 모습인 듯하고, 어떤 것은 머리를 올려 꾸민 여인인 듯하고, 어떤 것은 연꽃인 듯하고, 어떤 것은 파초 잎인 듯하고……. 금강산이 훌쩍 다가와 있었다. 다시 보니 온통 죽순 같기도 했다. 대나무를 꿈꾸며 서로 키라도 재는 양 뾰족뾰족 자라고 있는 죽순들, 아니 다시 보니 낱낱이 새의 형상 같기도 했다. 다양한 종류의 새들이 날개를 펼치기도 하고, 접기도 하고, 훨훨 날고 있는 듯했다.

일만 이천 개의 봉우리가 하나의 모습만 가지고 있는 게 아니었다. 이것이다 싶으면 금세 다른 모습으로 보이고, 이내 또 다른 모습으로 보였다. 나중에는 보고 싶은 것을 상상하면 상상한 대로 보였다. 진짜 모습이 무엇인지 알 수 없었다.

'세상에 존재하는 모든 것은 허투루 있는 것이 하나도 없다고 했어. 길가에 구르는 돌멩이도 그 쓰임이 있다는데, 나는 왜 여자로 태어났을까? 왜 내 인생을 내가 선택할 수 없을까? 나는 진짜 나일까?'

꼬리에 꼬리를 무는 생각이 끝없이 이어졌다. 질문은 일만 이천 개의 봉우리만큼이나 많은데 돌아오는 답은 한 가지였다.

'불공평해.'

금원은 울화가 치밀어 벌떡 일어섰다. 정양사로 내려가려는데 저만치 아래 패랭이가 보였다. 다들 쉬겠다고 절집으로 돌아간 줄 알았는데 패랭이도 남아 있었다. 그냥 내려가려는데 뭔가 이상했다. 바위에 종이를 펼쳐 놓고 무언가를 하고 있었다. 소리를 죽여 가며 가까이 가 보았다.

'어, 웬 그림?'

패랭이가 그림을 그리고 있었다. 화폭에 산봉우리가 가득 그려져 있었다. 금원은 눈이 휘둥그레졌다. 그가 화공일 거라고는 상상도 하지 못했다. 금원은 자석에 끌린 듯 화폭 속으로 빨려 들어갔다. 그의 붓놀림이 예사롭지 않았다. 빠르고 거칠게 내리긋는 선들이 기둥을 만들더니 이내 산봉우리가 되었다.

"화공이시군요?"

금원이 알은체를 했지만 힐끗 쳐다볼 뿐 패랭이는 대꾸가 없었다. 화폭과 만이천봉을 오가는 눈빛만 빛났다. 금원은 무안했지만 기다리기로 했다. 그는 거칠지만 힘차게 만이천봉을 화폭에 옮겨 담았다. 금원은 그 모습을 숨죽이며 지켜보았다. 그림을 잘 알지는 못하지만, 솜씨가 대단했다. 그런데 화폭 속 만이천봉이 실제보다 훨씬 가깝게 느껴졌다. 마치 만이천봉을 줄로 묶어 쑥 잡아당겨 놓은 것 같았다. 금방이라도 손에 잡힐 듯 생생했다.

이윽고 패랭이가 붓을 놓고 길게 숨을 내뱉었다. 그림을 그리는 동안 숨을 참기라도 했던 것처럼.

"화공이신 줄 몰랐습니다. 말씀을 안 하셔서……."

금원은 미안한 마음이 들었다. 며칠 동안 함께 금강산을 유람하면서 남자라고 경계하기만 했지, 무얼 하는지 물어보지도 않았다. 등짐 속에 화구가 들어 있을 거라고는 짐작도 하지 못했다.

"환쟁이가 무슨 벼슬이라고 떠벌리겠나."

패랭이가 심드렁하게 말했다.

"전 그림을 잘 알지는 못하지만, 보는 건 좋아합니다."

패랭이가 금원을 쳐다보았다. 그림을 좋아한다는 말이 마음에 들었나 보았다.

"그래? 어떤 그림을 좋아하는가?"

목소리가 한결 나긋해졌다.

"어떤 그림이라기보다 사실 제가 이번 금강산 유람을 꿈꾸게 된 것도 그림 때문입니다."

"그림 때문이라고?"

"예, 우연히 금강산도를 보게 되었는데 이제껏 본 다른 그림과는 느낌이 사뭇 달랐습니다."

"어떻게 다르던가?"

패랭이의 눈빛이 날카롭게 빛났다.

"그러니까⋯⋯."

금원은 얼른 대답이 나오지 않았다. 콕 집어 설명하기가 어려웠다. 금원은 망설이다 입을 열었다.

"풍경이 세밀하지 않고 거칠게 그려져 있었지만, 직접 보는 것처럼 생생했지요. 역동적이랄까⋯⋯. 그걸 뭐라고 표현해야 할지 모르겠습니다."

금원은 적확한 표현이 떠오르지 않아 머리를 긁적였다. 낯선 느낌이라 그런지 말로 잘 옮겨지지 않았다. 웬만큼 글도 읽고 시문도 지어 봤는데, 스스로 생각해도 횡설수설하고 있었다. 괜히 아는 척을 했나 싶었다.

"흠, 제대로 봤군. 그게 바로 진경산수화의 매력이지."

패랭이가 마치 큰 붓을 단숨에 내리긋듯 명쾌하게 말했다. '개떡같이 말해도 찰떡같이 알아듣는다'는 말처럼 금원의 말을 단번에 알아들은 듯했다.

"진경산수화?"

금원은 고개를 갸우뚱했다.

"겸재 선생께서 진경산수화를 창안하고, 조선의 화풍으로 발전시키셨다네."

"조선의 화풍이요?"

금원은 지금까지 접했던 그림들을 떠올려 보았다.

"오랫동안 많은 사람들이 중국의 화풍에 기대 그림을 그려 왔지. 가 보지도 않고, 알지도 못하는 중국의 산천을 상상하면서. 그렇게 그려야 제대로 된 그림이라고 생각했기 때문이지. 그런데 겸재 선생은 그 틀을 깨고, 우리 조선의 산천을 직접 보고 느끼는 대로 그리셨지. 그게 곧 조선의 화풍으로 자리 잡았다네."

'보고 느끼는 대로?'

금원은 패랭이가 화폭에 담은 만이천봉을 다시 바라보았다.

"이 그림처럼요?"

금원이 패랭이가 그린 그림을 가리키며 물었다. 그가 말한 진경
산수화의 의미와 맞아떨어진다고 생각했다.

"내 그림이 왜 진경산수화라 생각하나?"

패랭이의 입가에 보일락 말락 미소가 번졌다.

"이 그림을 보고 놀랐습니다. 만이천봉이 마치 손만 뻗으면 닿
을 듯 가깝게 느껴졌거든요. 사실은 아주 멀리 있는데 말입니다."

"하하, 제대로 보았네. 내 눈에 보인 만이천봉은 이렇게 가까이,
내 마음속으로 들어온 것이지."

패랭이는 자신의 그림을 제대로 본 금원이 대견하다는 듯 호탕
하게 웃었다. 그렇게 웃는 모습은 처음 보았다.

"아, 제가 전에 본 금강산 그림이 다르게 보였던 이유가 그래서
였군요?"

"겸재 선생의 그림에는 외금강, 내금강이 한 화폭 안에 들어와
있다네. 실제로는 그 모두를 한눈에 보려면 하늘에서 내려다봐
야 가능하지만, 선생은 보는 관점을 달리했지. 그건 몇 차례 금강
산을 둘러본 뒤, 마음에 크게 맺힌 풍경이 있었기 때문이지."

"듣고 보니 그러네요. 며칠이 걸려도 다 못 볼 금강산을 그렇듯
명쾌하게 한눈에 볼 수 있었으니. 그 덕분에 저는 감히 꿈꿀 수
없던 것을 꿈꿀 용기를 냈습니다. 그때 머리를 한 대 얻어맞은 듯
정신이 번쩍 들었지요. 조선 땅에 이토록 웅장한 산이 있다는 것
을 처음 알았고, 반드시 보고 말리라 다짐했지요."

"그림을 보고 용기를 냈다니 내가 다 흐뭇하군."

금원은 앞에 펼쳐진 금강산을 눈에 박을 듯이 바라보았다. 어느 한 귀퉁이도 놓치지 않고 가슴에 담아 두고 싶었다.

문득 금강산에 가고 싶다고 처음 부모님께 말씀드렸다가 혼난 기억이 떠올라 쓸쓸한 웃음을 머금었다. 부모님은 딸이 밖으로 나가겠다는 것만 흉잡았지, 딸의 간절한 소원은 헤아리지 못한 것이다. 방 안에 앉아 책을 읽은들 무슨 소용이 있나. 책 속의 글은 가슴 벌떡이게 하는 생기가 없어 박제된 짐승과 같았다. 어쨌든 금원은 오랜 설득과 기다림 끝에 유람길에 올랐고, 가슴 벅찬 날들을 보내고 있다.

"자네는 저 만이천봉이 두 손을 합장한 스님처럼 보인다고 했지? 왜 그렇게 생각했나?"

그러고 보니 처음에는 그 모습처럼 보였다. 지금은 아니지만.

"아마도 정양사 스님들께 점심 공양으로 국수를 대접받아 맛있게 먹은 후라서 그랬던 것 같습니다. 그래서 헐성루에 올라 마주친 만이천봉에서 합장하던 스님의 모습을 떠올렸나 봅니다."

"맞네, 같은 것을 보아도 저마다 느끼는 게 다른 법이지. 아까 사람들 말하는 거 듣지 않았나. 누구는 파도가 굽이굽이 밀려오는 것 같다 하고, 누구는 창칼을 들고 쳐들어오는 백만 대군 같다 하고, 누구는 신이 만든 만물상 같다고 했지."

"아까 꽃밭 같다고 하셨지요? 바위투성이 산봉우리들이 어떻게 꽃밭으로 보이는지 사실 궁금했습니다."

"나도 모르겠네. 그 순간 그렇게 보였을 뿐. 누가 어떤 생각을 하든 그건 그 사람의 자유 아니겠나?"

자유? 금원은 자유라는 말에 괜히 울컥했다. 자기도 모르게 한숨을 내쉬었다. 그 모습을 보고 패랭이가 말했다.

"나는 그림이든 인생이든 익숙한 틀을 깨고 나올 때 자유를 얻는다고 생각한다네. 그러자면 용기가 필요하겠지. 겸재 선생이 그랬던 것처럼 나도 양반이라는 허울을 벗고, 패랭이 하나 눌러쓰고 산천을 유람하고 있다네."

'스스로 틀을 깨고 나와야 자유를 얻는다!'

금원은 속으로 곱씹어 말했다. 그러고는 고개를 끄덕였다.

"인생도 그렇겠군요. 진경산수화처럼 자신만의 색깔과 구도를 들여앉혀야겠군요!"

"말귀가 밝은 걸 보니 공부를 많이 했나 보군. 처음엔 사내가 곱상하게 생겨 세상 물정 모르는 양반댁 철부지인 줄 알았지. 그런데 혼자 유람한다는 말을 듣고 깜짝 놀랐다네. 험한 산을 오를 때는 힘들어 보이기에 도와줄까 싶어 살폈더니, 혼자서 곧잘 해내더군."

패랭이가 다정하게 웃음을 지었다. 금원은 미안한 마음이 들었다. 그런 마음인 줄도 모르고 호의를 경계하며 거절했으니.

"종이가 다 말랐군. 바위에 무게감을 주려면 한 번 더 칠해야 한다네. 자넨 먼저 내려가려나?"

"괜찮으시면 옆에서 완성하는 걸 지켜보고 싶습니다."

"보는 건 괜찮네만, 완성은 아니네. 몇 번 더 수정해야 한다네."

패랭이는 붓으로 거칠게 획을 긋더니 그 위에 덧칠했다. 바위들이 몇 번의 덧칠로 확실히 무게감이 느껴졌다. 먹물의 진한 정도에 따라 거리감도 확연히 느껴졌다. 그림이 차츰 입체적으로 변하는 걸 보면서 금원은 긴장하기 시작했다. 자기도 모르게 패랭이의 호흡을 따라가고 있었다. 붓을 크게 내리그을 때는 숨을 멈춘 채 지켜보았다.

"왜 단발령에서는 그리지 않으셨습니까?"

"그 또한 내 자유지. 거기서는 마음이 동하지 않았으니까."

금원은 고개를 끄덕였다. 그렇다! 마음이 동하고 동하지 않는 것은 그의 자유니까. 시를 지을 때도 마음을 끌어당기는 글감이 있을 때 영감이 떠오르니까.

해가 저물며 안개가 골짜기를 감싸자 붉은 비단을 굽이굽이 펼쳐 놓은 듯 눈부셨다.

여인을 닮은 산

금강산의 수많은 봉우리 가운데 가장 빼어난 것은 비로봉이었다. 제일 높은 봉우리라는 뜻을 가진 비로봉은 그 이름에 걸맞게 격이 다른 면이 있었다. 단발령에서 볼 때는 그 존재감을 몰라봤는데, 내금강 깊숙이 들어와 보니 참모습이 드러났다. 위로 뾰족하지 않고 둥글면서 듬직한 모습이 그 아래 모든 봉우리를 어미처럼 품고 있는 듯했다. 일만 이천 개 어린 봉우리들이 어미를 향해 키 재기를 하고 있는 것 같았다.

금원은 금강산이 아름다운 건 어쩌면 여인을 닮았기 때문이라고 생각했다. 어느 봉우리 하나가 다른 봉우리를 제압하지 않고, 함께 어울려 조화를 이루는 것이 여인의 성정을 닮았다.

'여자도 세상에 나가 포부를 펼 수 있다면 아름다운 세상을 만들 텐데……'

금원은 쓸쓸한 미소를 흘리며 발길을 재촉했다.

끅, 점심에 산나물을 넣어 비벼 먹은 밥이 소화가 안 되는지 속이 더부룩하고 자꾸 트림이 났다. 금원은 어려서부터 체증 때문에 고생을 많이 했다. 크면서 많이 좋아지기는 했지만 이따금 된 체증이 찾아왔다. 유람길에 오른 뒤로 처음 맞는 체증이었다.

끅끅대는 소리를 들었는지 패랭이가 금원을 걱정스럽게 바라보았다.

"속이 많이 안 좋은가?"

"점심 먹은 게 체했나 봅니다."

"그래서야 어디 유람이나 하겠나. 제아무리 좋은 경치라도 속이 편해야 눈에 들어오지. 어서 약이라도 먹게나."

"약은 가지고 있습니다만……."

"어디 가서 좀 쉬어야지, 안 되겠네그려."

패랭이가 길잡이를 불러 금원의 상황을 설명했다. 금원의 낯빛을 살피던 길잡이가 심각한 표정을 지었다.

"가만있자……."

둘레를 쭉 훑어보던 길잡이의 표정이 밝아졌다.

"마침 멀지 않은 곳에 청연암이라는 암자가 있습니다. 비구니가 수행하는 곳인데, 그곳 약수가 아주 영험하다고 합니다. 가서 도움을 청해 보는 것이 좋겠습니다."

휴, 금원은 안도의 한숨을 내쉬었다. 그러나 일행들은 난감한 표정을 지었다. 일정을 중단하고 함께 가야 하는 건지 망설이는 눈치였다. 금원은 미안한 마음이 들었다. 일정을 망치지 않으려고 최대한 참으려 했는데 본의 아니게 폐를 끼치게 되었다.

"비구니 절인데 가도 될까요?"

금원은 청연암을 찾아간다 해도 여승이 거처하는 곳에 남장한 자신이 가도 되는지 걱정이 앞섰다.

"비구니 절이라고 해서 못 갈 데는 아니지요."

길잡이가 걱정하지 말라는 듯 말했다.

"부처님 앞에 남자, 여자가 따로 있나? 다 불쌍한 중생일 뿐이지. 그럼 원주 도령만 청연암에 가서 쉬고, 우린 일정대로 움직입시다. 해도 많이 남았는데, 나중에 합류하면 되지요."

한양 도령의 말에 일행은 고개를 끄덕였다. 매정하다 싶었지만 그러는 편이 나았다. 일행에게 폐를 끼치고 싶지도 않고, 자신 때문에 비구니 절에 남자들이 우르르 몰려가는 것도 예의가 아닌 것 같았다.

"예, 그럼 저는 청연암에 가서 도움을 청해 보겠습니다. 어서들 가십시오."

금원은 길잡이가 일러 준 길로 방향을 틀었다. 마음이 급해서인지 금방 나타날 것 같던 청연암은 보이지 않았다. 끅끅 올라오던 체증이 울렁거림으로 바뀌어 토할 것 같았다. 단단히 체한 모양이었다. 금강산에서는 주로 산나물을 먹어 왔다. 위가 약한 금원이 소화하기에는 거친 음식이었다. 배가 싸르르 아파 왔다. 바

랑 안에 어머니가 챙겨 준 단방약이 있다. 영험하다는 청연암의
약수와 함께 먹으면 체증이 가라앉을 것이다.

길잡이가 고개만 넘어가면 금방 청연암이 보일 거라 했는데,
한참을 간 뒤에야 단아한 암자가 나타났다. 금원은 반가운 마음
에 바삐 걷다가 멈춰 섰다. 자신의 옷매무새를 살핀 뒤 다시 걸음
을 재촉해 청연암 입구에 다다랐다.

절 마당은 조용했다. 인기척이 나지 않았다. 불공을 드리는 시
간이 아닌지 목탁 소리마저 들리지 않아 괴괴하기 짝이 없었다.

"계십니까?"

대답이 없었다. 향내가 나는 걸로 보아 폐사는 아닌 듯했다. 금
원은 하는 수 없이 약수터가 있을 만한 곳을 찾아 두리번거렸다.

"으흐흑."

어디선가 울음소리가 났다. 계곡 물소리를 잘못 들었나 싶어
금원은 귀를 쫑긋했다. 다시 들려오는 소리는 흐느낌이 분명했다.
고즈넉한 산사에서 이어지는 울음소리에 가슴이 저려 왔다.

'누구지? 스님인가? 스님이 왜?'

금원은 이런 상황에 도움을 청해도 될지 난감했다. 곧이어 울
음소리 끝에 한탄하는 소리가 섞여 들렸지만 무슨 말인지 알아
들을 수는 없었다.

금원은 소리가 나는 곳을 찾아 두리번거렸다. 절 뒤로 가니 졸
졸 물 흐르는 소리가 들렸다. 계곡 물소리와는 달랐다. 약수터가

틀림없으리라 생각하고 물소리를 따라갔다. 저만치 석등 뒤로 여자 옷이 슬쩍 보였다. 스님의 차림새는 아니었다.

금강산에 온 뒤로 남장한 자신 말고는 여자를 본 적이 없었다. 웬 여자일까 궁금하던 찰나, 금방이라도 토할 듯 배가 요동쳤다. 어서 약을 먹을 생각에 약수터로 발을 옮길 때였다.

"여기 있었구나!"

맞은편에서 한 여자가 오더니 샘가의 여자를 부둥켜안았다. 그러더니 둘이 같이 울었다. 기이한 광경에 금원은 더는 가까이 갈 수 없었다. 석등 뒤에 쪼그려 앉아 입을 틀어막았다. 그런데 두 사람의 차림새가 여염집 여자는 아니었다.

'뭐 하는 여인들이지?'

금원은 석등 뒤에서 배를 잡고 참으면서도 두 사람을 살폈다. 그러다 어느 순간 끙끙 앓는 소리를 내고 말았다.

"거, 뉘시오?"

여자들이 소리를 들었는지 금원 쪽을 바라보았다. 한 여자가 금원을 향해 다가왔다. 얼굴이 동그랗고 당차 보이는 젊은 여자였다. 본의 아니게 그들을 엿본 꼴이 되어 버렸다.

"아, 죄송합니다. 체증 때문에 약을 먹으려고 물을……. 욱!"

변명 아닌 변명을 하려는데 그만 욕지기가 올라왔다. 급히 두 손으로 입을 틀어막았다. 헛구역질이었다. 금원의 체증은 늘 이랬다. 차라리 토해 버리면 좋으련만 헛구역질만 계속되었다. 한바탕

헛구역질하고 나니 속이 다 뒤집어지는 것 같았다. 이마에서 식은땀이 흐르고 현기증이 났다. 금원은 비틀거렸다.

"이런, 많이 아픈가 보네. 오란아, 이리 와 봐. 이 도령을 방으로 모셔야겠어."

동그란 얼굴의 여자가 샘가에서 울고 있던 여자를 불렀다.

"숙이야, 스님도 안 계시는데 사내를⋯⋯."

여자가 다가오더니 곤란한 표정을 지으며 말했다. 오란과 숙이, 두 여자의 이름이었다.

"아픈 사람부터 살려야지. 나중에 스님 오시면 얘기하고."

숙이라는 여자가 금원을 일으켰다. 금원은 두 사람의 부축을 받으며 방으로 갔다. 금원은 자기 오른팔을 붙잡은 오란의 손이 너무 앙상해서 깜짝 놀랐다. 얼굴도 창백하다 못해 파리한 것이 아픈 사람 같았다. 왼쪽 팔을 붙잡은 숙이는 손아귀 힘부터 달랐다. 건강해 보였다.

"죄송하지만, 약수 한 사발만 떠다 주시겠습니까? 약을 먹으면 괜찮아질 듯합니다."

염치없지만 숙이에게 부탁했다.

"얼른 떠 올게요."

금원은 바랑에서 약을 꺼냈다. 옆에서 오란이 복잡한 표정으로 금원을 바라보았다. 오란의 얼굴에 눈물 자국이 얼룩져 있었다. 금원은 미안한 마음이 들어 얼른 고개를 숙였다.

"죄송합니다, 수선을 피워서."

"아닙니다. 약을 먹으면 나을 수 있으니 다행이지요."

오란이 창호지 같은 엷은 웃음을 지어 보였다. 웃음에서 설핏 슬픔이 배어났다.

금원은 숙이가 떠 온 약수로 약을 먹었다.

"지금 스님은 출타하고 안 계십니다. 오시면 도령의 사정은 우리가 잘 말씀드릴 테니 걱정하지 말고 쉬세요."

숙이가 친절하게 웃어 보였다.

"고맙습니다. 초면에 은혜를 입었습니다."

금원이 정중하게 고마움을 전했다.

"은혜는 무슨 은혜요. 차림새로 보아 유람객인 듯한데, 도령 혼자이십니까?"

숙이가 걱정스러운 표정으로 물었다.

"혼자이긴 합니다만, 일행이 있습니다."

금원의 대답에 숙이와 오란이 서로 쳐다보며 고개를 갸우뚱했다. 혼자인데 일행이 있다니? 말해 놓고 보니 앞뒤가 맞지 않는 말이었다.

"아, 그러니까 혼자 유람을 나섰는데 금강산을 유람하는 동안 함께하는 일행이 있다는 말입니다. 체증 때문에 도움을 받고자 혼자 이곳을 찾게 되었습니다. 곧 합류해야지요."

"그러시군요."

숙이가 고개를 끄덕였다. 남녀가 유별한데도 대화가 자연스럽게 오갔다. 대체로 숙이와 금원이 이야기를 나누고, 오란은 조용히 듣고 있었다. 금강산이라서 그런지, 절집이라서 그런지 숙이는 스스럼없이 금원을 대했다. 금원도 두 사람을 편하게 대했다. 이야기를 나누는 사이, 약발이 듣는지 속이 잠잠해졌다.

금원은 두 사람의 정체가 궁금했다.

"실례지만, 두 분은 어떻게 여기 계십니까?"

사실 그보다 어떻게 여인의 몸으로 이 금강산에 왔느냐고 묻고 싶었다. 자신은 남장까지 하고 왔는데 말이다.

"우린 나인입니다. 달포 전부터 이곳에 머무르고 있지요."

"나인이요?"

금원은 깜짝 놀랐지만 내색하지 않으려고 애썼다. 처음 봤을 때부터 차림새가 남달라 여염집 여자는 아니라고 생각했지만, 궁녀라고는 상상도 하지 못했다.

"우린 15년차 나인입니다. 저는 수라간에 있고, 오란은 침방에 있습니다. 우린 둘도 없는 동갑내기 동무랍니다."

숙이가 아무렇지 않게 자신과 동무를 소개했다. 수라간은 임금님의 진지를 준비하는 곳이고, 침방은 궁궐 사람들의 옷이나 이불을 만드는 곳이라는 것쯤은 금원도 알고 있었다. 그러나 궁녀를 실제로 마주한 건 처음이라 호기심이 일었다.

금원은 두 사람의 차림새를 유심히 보았다. 저고리 소매의 붉은 끝동과 두 갈래로 땋아 함께 말아 올려 붉은 댕기로 묶은 머리모양을 눈여겨보았다. 저 머리모양을 '새앙머리'라고 한다는 것을 어디선가 들은 것 같았다. 확실히 궁녀의 차림새였다. 그러고 보니 남녀가 유별한데 남장한 금원에게 내외하지 않고 말을 걸었던 것도 이해되었다. 사람이 많은 궁궐에서 오래 살았으니 자연스럽게 몸에 밴 습성일 터였다.

"우린 둘 다 아홉 살에 궁에 들어왔고, 어린 생각시 시절부터 함께해 왔지요."

숙이가 오란의 손을 잡고 흔들자 그늘져 있던 오란의 얼굴이 잠깐 환해졌다. 두 사람의 우정이 깊어 보였다. 나이를 셈해 보니 금원보다 열 살이 많았다.

"그런데 이곳에는 무슨 일로?"

병색이 짙은 오란의 얼굴로 보아 약수 때문에 온 것이라 짐작하면서도 물어보았다.

"이곳의 샘물이 아주 영험하다는 소문을 듣고 왔지요. 관세음보살님의 자비가 약수에 내렸다 합니다. 어떤 이는 이 약수로 오래된 피부병을 고치고, 어떤 이는 소갈증도 씻은 듯이 나았다고 합니다. 신비한 물이지요."

숙이가 오란에게 되새기듯 손을 꼭 쥐고 말했다.

"누가 많이 아프십니까?"

금원은 짐짓 모른 체하면서 물었다.

"휴, 오란이 많이 아픕니다. 제가 모시는 상궁 마마님이 이곳 주지 스님과 친분이 있어, 두 달의 휴가를 얻어 오게 되었습니다."

숙이가 한숨을 내쉬며 말했다. 많이 아프다는 건 죽을병에 걸렸다는 뜻인지도 모른다. 오란의 비쩍 마른 몸과 서럽게 울던 울음소리로 짐작할 수 있었다.

"이곳에 온 지 달포가 지났는데, 오늘도 각혈을……."

조용히 있던 오란이 떨리는 목소리로 말했다. 차도가 없는 모양이었다.

"더 열심히 기도해 보자."

숙이가 오란을 바라보며 말했다.

"어서 건강을 되찾으셔야 할 텐데……."

금원이 해 줄 수 있는 말은 그뿐이었다. 약수가 아무리 영험한들 오란의 몸속 깊숙이 내려앉은 어둠을 쉬 걷어 낼 수 없을 것 같아 안타까웠다.

"동무를 돌보려고 함께 오셨군요?"

금원이 숙이를 보며 묻자, 오란이 고개를 끄덕여 보였다.

"나 혼자 와도 된다는데 기어이 따라와서 저 고생이지요."

오란이 숙이가 한 것처럼 친구의 손을 더듬어 쥐고는 애잔한 눈으로 바라보았다. 금원은 두 사람의 말과 표정을 통해 15년 동안 쌓아 올린 거대한 산을 보는 것 같았다. 금강산만큼이나 아름답고 큰 우정의 산을.

"고생은 무슨, 그런 소리 하지 마. 우리 생각시 때 약속했잖아. 즐거울 때나 힘들 때나 늘 함께하자고."

숙이가 곱게 눈을 흘겼다.

"그래도…… 15년 동안 기다린 계례(여성의 관례)까지 미루고 따라올 게 뭐야? 나인에게 계례가 얼마나 중요한 건데."

오란도 숙이를 쳐다보며 곱게 눈을 흘겼다.

"너도 내가 두창(천연두)에 걸려 고생할 때 밤을 새워 지켜 줬잖아. 그때 네가 곁에 없었다면 난 버티지 못했을 거야."

"이제 난 가망이 없는 것 같아, 콜록콜록."

오란이 기침을 연거푸 하자 얼굴에 핏기가 가셨다. 숙이가 가쁜 숨을 내쉬는 오란의 어깨를 감싸 안았다.

"우리 정성을 다해 부처님께 빌자. 영험한 약수도 계속 마시고 있으니 곧 좋아질 거야."

두 사람은 금원이 앞에 있는 것도 잊은 채 서로에게 마음을 다하고 있었다. 그 모습이 너무나 애절해 눈물이 핑 돌았다.

"두 분의 우정이 참 깊고 아름답습니다."

금원은 진심으로 두 사람의 우정이 부러웠다. 여자도 저렇듯 마음을 다하는 우정을 나눌 수 있다니 새삼 놀라웠다. 여자는 혼례를 치르고 나면 친구는 고사하고 친정마저 멀리해야 하는 세상인데 말이다.

"아이코, 우리 얘기만 했나 봅니다. 보아하니 도령도 아직 관례

(성인이 되었음을 상징하기 위해 갓을 씌우는 의식)를 올리기 전인 듯한데, 혼자서 유람을 나서다니 참 용감하십니다."

숙이가 대견하다는 눈빛으로 금원을 바라보았다.

"예, 죽을힘을 다해 용기를 냈지요. 내년에 계례를 앞두고 있어서, 흡!"

금원은 자기도 모르게 '계례'라는 말을 내뱉고는 아연실색했다. 긴장이 풀린 모양인지 남장한 것을 잊고 관례라고 해야 할 것을, 계례라고 말하고 말았다. 금원은 두 사람이 흘려들었기를 바랐지만, 두 사람의 눈이 동시에 커다래졌다.

"계례라 했습니까?"

숙이가 눈을 동그랗게 뜬 채 물었다.

"그래, 나도 들었어!"

오란도 금원을 쳐다보면서 말했다. 금원은 머릿속이 하얘졌다. 방 안에 정적이 감돌았다. 뭐라고 변명해야 하나. 차라리 사실대로 말해? 안 돼. 금원은 허둥대느라 얼굴이 벌게졌다.

"그, 그게 그러니까……."

금원은 어떤 말도 할 수 없었다. 거짓으로 변명할 수도, 진실을 말할 수도 없었다.

'제발 못 들은 걸로 해 주세요.'

간절한 눈빛으로 두 사람을 바라보았다. 잠시 세상이 멈춘 듯했다. 그때였다.

"항아님들 여기 계신가? 손님이 오셨나 보네."

주지 스님이 돌아온 모양이었다. 세 사람은 깜짝 놀라 동시에 일어났다.

"그럴 만한 사정이 있겠지요."

숙이가 빠르게 속삭이고는 바깥을 향해 소리쳤다.

"아, 스님 오셨습니까?"

숙이가 눈을 찡긋한 뒤 밖으로 나갔다. 오란이 금원을 쳐다보며 고개를 끄덕였다. 금원도 오란을 보며 고개를 끄덕인 뒤 따라나갔다.

탁발을 다녀왔는지 주지 스님의 등에 진 바랑이 묵직해 보였다. 스님이 금원을 보고 합장했다. 숙이가 잽싸게 나섰다.

"도령이 배앓이가 심해 약수를 찾아 들렀답니다. 두어 시간 지났습니다. 약 먹고 쉬더니 이젠 많이 편해진 듯합니다."

"나무 관세음보살!"

스님이 다행이라는 듯 금원을 향해 합장했다. 금원도 스님을 따라 합장했다. 처음에는 합장이 아주 어색했으나 어느덧 자연스러워졌다. 금강산 유람을 다니면서 숙식을 주로 절에서 해결해 스님들과 자주 마주쳤기 때문이다.

"항아님, 오늘은 좀 어떠세요?"

스님의 말에 오란이 말없이 고개를 숙였다. 그러자 스님이 눈을 지그시 감고 '나무 관세음보살'을 읊조렸다.

방에 돌아와 누워 있는데 목탁 소리가 들려왔다. 주지 스님이 염불을 시작한 모양이었다. 금원은 불현듯 벌떡 일어나 법당으로 갔다. 숙이와 오란이 스님 뒤에서 절을 하고 있었다. 금원은 지금껏 부처님 앞에 엎드려 절을 해 본 적이 없었다. 그런데 이 예불에는 동참하고 싶었다. 오란의 건강을 기원하기 위해, 두 여인의 아름다운 우정이 영원하기를 기원하기 위해 부처님께 절을 올리고 싶었다.

금원은 숙이와 오란의 뒤에 서서 절을 따라 했다. 두 사람의 입에서 절박한 기도가 흘러나왔다. 나무 관세음보살, 나무 관세음보살, 나무 관세음보살, 나무 관세음보살……. 마치 숨을 쉬듯 읊조리는 나무 관세음보살을 금원도 따라 했다.

'부처님, 저 두 여인에게 자비를 베풀어 주세요.'

몇십 배를 올렸는지, 몇백 배를 올렸는지 모르는 사이 이마에서 등에서 땀이 줄줄 흘러내렸다. 다리도 후들거렸다. 그런데 어느 순간, 죽서의 모습이 떠올랐다. 파리한 얼굴에 앙다문 입술, 가녀린 손으로 잡은 붓, 그 붓을 휘갈기며 써 내려가던 문장.

'내 동무 죽서야, 우리 즐거울 때나 힘들 때나 늘 함께하자. 함께 시를 쓰면서 정답게 살자. 그러니 아프지 마.'

어느새 금원은 죽서를 위해 절을 하고 있었다.

생선 도둑

금강산의 내산과 외산을 두루 둘러보고 나니 보름이 지났다. 금원은 일행과 함께 산을 내려왔다. 여기서부터는 각자의 일정대로 움직이기로 했다. 어떤 이는 바로 고향으로 돌아가고, 어떤 이는 남은 유람을 이어 간다고 했다. 금원은 관동 팔경을 보기 위해 동해 쪽으로 갈 참이다.

"그럼 여기서 헤어지지요."

길잡이의 말에 다들 아쉬운 표정을 지었다. 헤어지기는 해야 하는데 발길이 쉬 떨어지지 않는지 머뭇거렸다. 힘든 산행을 같이 하면서 최고의 경관을 함께 보았으니 참으로 귀한 인연이었다. 특히 금원에게 진경산수화의 의미를 깨닫게 해 준 패랭이 화공과 여자인 게 들통날 뻔해 가슴을 철렁하게 만든 한양 도령과의 인연은 잊을 수 없을 듯하다.

"다들 무사히 돌아가시고, 연이 닿으면 또 볼 날이 있겠지요."

패랭이가 먼저 작별을 고하고 떠났다. 그것을 신호로 모두 제 갈 길로 길을 잡았다.

금원은 규방을 벗어나 사내들의 세상에서 경험한 지난 일들이 원래 그래 온 것처럼 익숙해지고 있었다. 금원은 피식 웃음이 나왔다. 그러면 뭐 하는가, 허울일 뿐인 것을. 그토록 염원한 금강산에 와 속살을 낱낱이 보고 만졌으니 아쉬울 것 하나 없는데, 발길이 쉬 떨어지지 않았다. 조금 걷다 돌아보고, 또 돌아보았다. 금강산 만이천봉이 손을 흔들었다. 또 오라고, 잊지 말라고. 금원은 코끝이 시큰했다.

"와, 바다다!"

산이 끝나자 푸른 물결이 넘실대는 바다가 보였다. 지금까지와는 또 다른 무엇이 기다리고 있을 것 같아 가슴이 두근거렸다. 가슴속에서 둥둥 북소리가 울렸다. 금원은 바랑을 풀어 지필묵을 꺼냈다. 가슴을 휘몰아치는 북소리를 받아 적었다.

모든 물 동쪽으로 흘러드니
깊고 넓어 아득히 끝이 없구나
이제야 알았노라 하늘과 땅이 커도
내 가슴속에 다 담을 수 있음을.

해금강이다. 금강산의 끝자락이 바다로 들어가 만들어 내는 절경, 바다의 금강산이다. 해안을 따라 형성된 기묘한 바위들도 내금강의 만물상과 닮았다. 맑은 물 위로 바위 봉우리들이 보였다. 저 봉우리들 위로 물고기들이 헤엄칠 것이다. 금강산 만이천봉 위를 나는 새들처럼.

"공평하구나! 절대 물고기가 될 수 없는 새와 절대 새가 될 수 없는 물고기가 이곳에서는 서로 처지를 바꿀 수 있으니."

해금강을 바라보니 새삼 자신의 처지가 느껴졌다.

'세상일에서 배제된 여자, 게다가 족보에도 못 올라가는 얼녀 신세. 나는 도대체 무엇인가? 새도 아니고, 물고기도 아니고…….'

금원은 타는 듯한 목마름으로 신이 젖는 줄도 모르고 바닷가를 오래 거닐었다. 소금기를 머금은 바람이 얼굴에 부딪혀 왔다.

"와, 저게 뭐지?"

한참 걷다 보니 대나무 다발을 묶어 세워 놓은 듯한 거대한 돌기둥들이 늘어서 있었다. 짧은 것, 긴 것, 굵은 것, 가는 것, 그리고 넘어져 쌓여 있는 작은 돌기둥들이 몇백, 몇천 개가 되는지 셀 수 없을 지경이었다. 마치 금강산 만이천봉의 꼭대기를 잘라 옮겨 놓은 것 같았다.

"저것이 총석이구나! 관동 팔경 가운데 으뜸가는 절경이라더니 과연 신비롭구나!"

금원은 온몸에 전율이 일었다. 정양사 헐성루에서 만이천봉을 보았을 때처럼 오감이 뒤흔들리는 충격이었다. 꼭대기가 뾰족하지 않고 뿌리부터 꼭대기까지 육각형인 돌기둥들, 이처럼 아름다운 조각을 어떤 마법 같은 손이 만들었을까. 이 거대한 조각품을 만들기 위해 얼마나 많은 시간이 걸렸을까. 처음에는 울퉁불퉁 못생긴 거대한 바윗덩이였겠지. 기나긴 억겁의 시간 동안 바람과 햇살과 파도가 다녀가면서 때로는 부드럽게, 때로는 칼끝처럼 날카롭게 쪼개고 끊어 내며 다듬었을 것이다.

시간이 만들어 낸 자연의 조각품 앞에서 금원은 자신이 살아온 14년이라는 시간은 얼마나 모래알처럼 하찮은지 깨달았다. 새나 물고기보다도 못한 처지라고 원망한 것조차 민망했다. 금원은 돌기둥 꼭대기에 뿌리를 내린 소나무처럼 오래 바다를 바라보았다. 그리고 다짐했다.

'그래, 조급해하지 말자. 나에게 오는 바람과 햇살과 파도도 다 부딪쳐 보자. 그러다 보면 언젠가는 저 돌기둥들처럼 내 안의 총석도 모습을 드러내겠지.'

쏴, 쏴아, 쏴아아. 수평선 너머에서 천군만마 같은 파도가 함성을 지르며 달려왔다. 거대한 총석과 한판 붙어 보겠다는 듯. 그러나 파도는 총석 앞에서 산산이 부서지고 만다. 총석은 올 테면 와 보라며 딱 버티고 서서 해금강을 지키고 있다.

철썩, 철썩. 부서질 줄 알면서도 끊임없이 부딪쳐 오는 파도를 벗 삼아 금원은 걷고 또 걸었다. 바닷길이 끊기면 산을 감아 돌고, 산길이 끊기면 바닷길을 감아 돌았다. 며칠 동안 관동 팔경

명승지를 찾아 둘러보았다. 짙푸르게 우거진 소나무 숲과 끝없이 펼쳐진 바다의 흰 모래사장이 금강산 못지않은 절경을 보여 주었다. 가는 곳마다 앞서 다녀간 선비들의 시를 감상하는 것도 또 하나의 재미였다.

얼마나 걸었는지 발바닥이 욱신거렸다. 망양정으로 오르는 길에 잠시 앉아 쉬었다. 아래로 포구가 내려다보였다. 무심코 바라보던 금원의 눈길이 한 곳에 붙박였다.

바닷가에서 나이 든 여자들이 다리를 드러낸 채 미역을 따고 있었다. 무릎 위까지 걷어 올린 속바지에 치맛자락을 욱여넣은 채 부지런히 움직이고 있었다. 그 모습이 너무 가뿐하고 자유로워 보였다. 다리는커녕 얼굴조차 함부로 드러내고 다닐 수 없는 불쌍한 양반가 여인들의 처지와 비교되었다. 금원은 욱신거리는 발을 내려다보았다.

'버선을 벗어 버려? 그러다 누가 보기라도 하면? 남자들은 홀홀 잘도 벗잖아? 그래도 난 여자잖아.'

금원은 한참 고민했다. 다리도 아니고 겨우 발인데 어때? 금원은 할까 말까 갈등하는 자신을 보며 웃음이 나왔다. 겨우 버선 하나 벗는 걸로 무슨 죄라도 지은 것처럼 난리라니.

금원은 버선을 홀렁 벗었다. 벌겋게 달아오른 발바닥을 가만히 주물렀다.

"애고, 고생이 많구나. 네 덕분에 난 즐겁게 다니고 있다만."

발바닥에 어느새 굳은살이 박였다. 금원은 기분이 좋았다. 금기를 깬 후련함이었다. 망양정에 오르기 전에 어촌 마을을 구경하고 싶었다. 금원은 포구를 향해 다시 길을 내려갔다.

고깃배가 들어왔는지 포구는 분주했다. 가까이 가자 비린내가 진동했다. 어판장 바닥에서 펄떡펄떡 튀어 오르는 물고기를 놓고 남자들이 흥정하고 있었다. 목소리가 높아지고 티격태격하는 것 같더니 금세 거래가 성사되었다. 살아 펄펄 뛰는 물고기를 통에 던져 넣었다. 금원은 반찬으로 올라온 생선을 먹기만 했지 살아 펄떡이는 것을 보기는 처음이라 인상이 찌푸려졌다. 한쪽에는 바다에서 막 뜯어 온 미역이 한가득 쌓여 있었다. 물기를 머금은 미역에 윤기가 자르르 흘렀다. 마른미역만 본 터라 금원은 신기해 젖은 미역을 만져 보았다.

포구 주변은 매우 소란스러웠다. 낯선 풍경에 금원은 눈이 바빴다. 고함 소리가 들리는가 하면 웃음소리도 들려왔다. 쉼 없이 꿈틀거리는 생기가 보기 좋았다.

어촌은 익숙히 봐 오던 농촌의 모습과 아주 달랐다. 바다라는 또 다른 세상이 함께하기 때문이리라. 금원은 호기심 가득한 눈으로 마을 길을 걸었다. 집들은 작고 누추하나 역시 생기가 돌았다. 마을 어귀에 정박된 작은 목선들, 햇빛 좋은 양지에 앉아 그물코를 손질하는 사람들, 집집이 빨래처럼 널려 있는 생선 밑에서 혀를 날름거리며 뛰어오르는 고양이들. 금원은 낯선 모습들을 눈에 박을 듯이 바라보았다.

어느 집 앞을 지나는데 한 아낙이 절구질하고 있었다. 그런데 돌로 만든 절구가 아니었다. 금원은 궁금해 물어보았다.

"그 절구는 무엇으로 만든 것입니까?"

"고래 뼈요."

아낙이 금원을 쳐다보며 심드렁하게 대답했다.

"고래 뼈? 고래를 잡았습니까?"

"여기선 종종 잡히지요."

"고래는 얼마나 큽니까?"

금원은 호기심이 바짝 일었다. 고래에 대해 들은 적은 있지만 본 적은 없었다. 어떤 이는 고래가 집채만 하다고 하고, 어떤 이는 황소만 하다고 했다. 금원은 모두 허풍이라고 생각하고 무시해 버렸다. 그런데 고래 뼈를 절구통으로 쓸 정도면 집채만 하다는 말이 허풍은 아닌 듯싶었다.

"고래 사러 왔소?"

아낙은 금원을 장사꾼이라 생각한 모양이었다. 그러나 장사꾼이라고 하기엔 금원이 어려 보였는지 고개를 갸우뚱했다.

"아, 아닙니다. 지나가다가 궁금해서."

아낙이 별 이상한 사람을 다 본다는 듯한 표정을 지었다. 금원은 겸연쩍어 얼른 걸음을 뗐다.

'세상에, 어떻게 그렇게 큰 동물이 바다에 살 수 있을까? 언젠가는 꼭 보고 말 테야.'

금원은 자신이 아는 동물을 다 떠올려 봐도 고래 크기를 짐작조차 할 수 없었다. 생각할수록 신기했다.

고래에 관한 생각을 하며 걷고 있을 때였다. 저 앞에서 소란스러운 소리가 났다. 아이의 울음소리와 찢어질 듯한 여자의 목소리였다. 금원은 고개를 빼고 앞쪽을 바라보았다. 사람들이 모여 웅성거리고 있었다. 싸움이 난 듯해 다른 길로 꺾어 들려다 낯선 차림새에 눈길이 끌렸다. 도포 차림에 큰 삿갓을 쓰고 대지팡이를 짚고 있었다. 왠지 이곳에 어울리지 않는 남자였다. 금원은 구경꾼들 틈에 끼어 지켜보았다.

한 사내아이가 중년 부인에게 목덜미가 잡힌 채 매질을 당하고 있었다.

"이 도둑놈 새끼!"

여자의 호된 매질에 아이가 자지러지게 울었다.

"어허, 그 아이가 훔친 게 아니라지 않소."

삿갓이 나서며 한마디 했다. 금원은 삿갓의 뒤쪽에 있어 얼굴은 보이지 않았지만 목소리가 근엄했다.

"누구신지는 모르나 참견 말고 가던 길이나 가시지요. 이놈은 남의 것을 훔친 도둑놈입니다. 달아나는 걸 내가 잡았어요."

여자가 눈에 쌍심지를 켜고 쏘아붙였다. 아이는 눈이 퀭하고

140

머리가 수세미처럼 헝클어진 몰골이었다. 아이 앞에는 꾸덕하게 마른 생선 한 마리가 놓여 있었다. 금원의 눈길이 절로 처마 밑에 매어 놓은 줄에 가 닿았다. 줄에 가지런히 매달린 생선들 사이에 빈 곳이 보였다. 그곳에 있던 생선임이 분명했다. 금원이 생각하기에도 그 아이가 생선을 훔친 것 같았다. 그런데 왜 삿갓은 아이를 두둔하는 걸까. 아이의 행색을 보니 불쌍하긴 하지만 도둑질을 눈감아 주는 건 옳지 않다.

"아닐세. 도둑괭이가 물고 가는 걸 이 아이가 뺏었네. 내가 분명 보았네."

삿갓이 여자에게 손짓까지 해 가며 설명했다.

"거참, 말이 되는 소리를 해야지. 고양이가 어떻게 저 높이 걸려 있는 생선을 건드린단 말입니까?"

여자가 구경꾼들에게 들으라는 듯 목청을 높였다. 몇몇이 고개를 끄덕였다. 아이는 멱살을 잡힌 채 삿갓을 간절한 눈빛으로 쳐다보았다.

"고양이가 땅에서 뛰어오르기에는 좀 높긴 하지. 그러나 지붕으로 가면 낚아챌 수 있지 않겠는가?"

삿갓의 말에 여자가 지붕을 쳐다보더니 당황한 빛을 띠었다. 그럴듯한 추측이었다. 그러나 여자는 단호하게 밀어붙였다.

"아닙니다. 이놈이 훔친 게 분명해요. 우리 집 앞을 서성이는 걸 몇 번이나 봤습지요. 생선 한 마리 가지고 야박하게 군다 싶겠지만, 바늘 도둑이 소도둑 된다고 이런 놈은 관아로 끌고 가서 단단히 혼을 내야 합니다."

여자가 씨근덕거리며 소리쳤다. 도벽이 있는 아이를 훈계하는 것보다 자기 것을 빼앗길 뻔한 데 더 분개하는 것 같았다. 관아로 끌고 간다는 말에 겁이 난 아이가 울음 섞인 목소리로 말했다.

"잘못했어요. 처음에는 고양이한테 뺏은 걸 아주머니께 갖다주려고 했는데, 배가 너무 고파서 집에 가져가려고 달아났어요. 그러니까 훔친 건 맞아요. 동생들도 며칠 밥을 못 먹어서……."

여자가 잡고 있던 멱살을 놓았다.

"그, 그러니까 고양이가 생선을 훔쳤고, 넌 뺏어서……."

여자가 말을 더듬었다. 금원도 당황스러웠다. 정황으로 보아 아이가 생선을 훔쳤다고 생각했는데 아니었다.

"이번에 말린 생선을 내다팔아 시아버지 제상에 올릴 제수를 마련할 참이었지……. 무슨 소리가 나기에 나와 봤더니 마침 네가 생선을 들고 도망치기에 의심부터 했구나. 그만 가 보거라."

여자가 벌게진 얼굴로 말했다. 사연을 듣고 나니 여자에게서 놓여난 아이의 몰골이 더 처참해 보였다. 아이가 삿갓을 향해 고개를 숙여 보이고는 뛰어나갔다.

금원은 머리를 한 대 얻어맞은 것 같았다. 왠지 부끄럽고 쓸쓸한 기분이었다. 삿갓이 큼큼 헛기침을 두어 번 했다. 삿갓 또한 금원과 같은 마음인 듯했다.

삿갓이 대지팡이를 짚으며 걸음을 뗐다. 금원은 앞서가는 삿갓의 뒤를 따라 걸었다. 다행히 삿갓이 가는 길이 금원이 가려고 작정한 망양정으로 오르는 길과 방향이 같았다. 적당한 때에 말을 붙여 봐야겠다고 생각했다.

금원은 사내아이의 얼굴이 계속 떠올라 마음이 무거웠다. 망양정으로 올라가는 내내 삿갓의 뒷모습을 보며 걸었다. 그의 뒷모습이 무겁고 쓸쓸해 보였다.

'뭐 하는 사람일까? 옷차림이며 목소리며 예사 사람은 아닌 것 같은데. 아이의 누명을 벗겨 주려고 애쓰는 모습이 예사롭지 않았어. 암행어사라도 되나? 그냥 나처럼 유람하고 있나?'

그런데 앞서가던 삿갓이 망양정으로 오르지 않고 언덕 아래쪽에서 방향을 틀었다. 따라가려다 그가 한적한 곳에 자리를 잡고 앉는 것을 보고, 금원은 망양정으로 올랐다.

망양정은 바닷가 언덕 위에 자리해 시야가 탁 트였다. 넓은 바다를 배경으로 보니 어촌은 바위에 붙은 조개 무더기에 불과해 보였다. 바다 가운데 작은 섬이 보였다. 수평선 너머에서 달려온 파도가 작은 섬에 부딪히며 하얗게 물보라를 일으켰다. 출렁이는 파도에 지나가던 작은 나무배가 위태롭게 일렁였다.

'휴, 사람 사는 게 저 나무배 같구나. 바다에는 집채만 한 고래도 산다는데.'

금원은 자기도 모르게 한숨을 내쉬었다.

그때 아래쪽에서 갑자기 고함 소리가 났다. 내려다보니 삿갓이 양팔을 번쩍 들고 파도를 향해 소리치고 있었다. 귀 기울여 들어보니 시를 읊고 있었다. 큰 목청 탓에 고함처럼 들리기는 했지만, 운율에 맞추어 낭송하고 있었다.

'시인인가?'

목소리가 그치자 금원은 아래로 내려가 기척을 냈다.

"큼큼."

반응이 없었다. 못 들었나 싶어 큼큼, 좀 더 크게 헛기침했다. 그제야 그가 고개를 돌렸다.

"날 부른 건가?"

금원이 어리게 보인 모양인지 첫마디에 다짜고짜 하대했다. 그러나 별로 거슬리지는 않았다. 커다란 삿갓 때문에 얼굴이 잘 보이지는 않았지만 초로의 선비 같았다.

"예."

그제야 삿갓을 들어 올리며 눈을 맞추었다. 텁수룩한 수염과는 달리 눈빛이 매우 날카로웠다. 무슨 일이냐고 추궁하는 눈빛이었다. 금원은 딱히 볼일이 있는 것은 아니기에 당황스러웠다. 무슨 말이라도 해야 할 것 같았다.

"아까 아랫마을에서 뵈었습니다. 생선 도둑⋯⋯."

금원의 말에 삿갓이 고개를 끄덕였다.

"자네도 거기 있었구먼."

"예."

삿갓이 금원을 뚫어지게 쳐다보았다. 마치 속을 들여다보기라도 하듯이. 금원은 민망해 얼른 눈길을 돌렸다.

"나한테 무슨 용무라도 있나?"

이럴 때는 무슨 말을 해야 하나. 딱히 용무는 없고, 그가 궁금할 뿐이다.

"아, 아닙니다. 제가 아는 분과 닮은 듯하여……."

둘러댄다는 것이 얼떨결에 뜬금없는 소리를 하고 말았다.

"허허, 설마 이 세상에 나 같은 사람이 또 있을까. 없을 것이네. 없어야 하고."

삿갓은 알아들을 수 없는 말을 하고는 일어서서 망양정으로 걸어갔다.

'닮은 사람이 있을 수도 있지. 자기를 닮은 사람은 없어야 한다고? 자만이야, 오만이야?'

금원은 삿갓의 말이 거슬려 속으로 투덜거렸다. 그러나 이상하게 호기심이 일었다.

"세상을 공부하러 나온 걸 보니 피치 못할 사연이 있나 보군."

금원은 삿갓의 말에 흠칫 놀랐다. 금원의 차림새를 보고 눈치챘나 보았다. 상대방의 속을 훤히 꿰뚫기라도 하듯 거침없는 말투였다. 옷차림은 남루하지만, 눈빛과 말투는 범상치 않았다.

금원은 삿갓을 따라 올라가 정자에 앉았다.

"어르신도 사연이 있어 보입니다."

금원은 옆에 앉은 그를 쳐다보았다. 정자에 앉았으니 삿갓을 벗어 놓을 법도 한데 계속 쓰고 있었다. 대지팡이 손잡이가 반들반들한 걸 보니 꽤 오랜 시간 이런 차림으로 지낸 듯했다.

"초면에 외람되오나 어르신은 누구입니까?"

금원이 참다못해 물었다. 삿갓의 눈길은 여전히 바다를 향해 있었다.

"삿갓에 죽장 하나 짚고 조선 팔도를 떠도는 시인 묵객일세. 발길 닿는 곳이 내 집이고, 하늘을 지붕 삼아 등 붙이는 곳이 내 잠자리지. 십수 년 떠돌다 보니 여기도 벌써 여러 번 오는군."

"아, 시인이시군요. 저도 시 짓는 걸 좋아합니다."

"시를 짓는다? 그래, 어떤 시를 쓰나?"

삿갓이 한결 부드러워진 목소리로 물었다.

"사실은 금강산을 유람하려고 달포 전에 원주에서 길을 나섰지요. 금강산을 두루 둘러보았고, 지금은 관동 팔경을 둘러보는 중입니다. 조물주가 빚어 놓은 절경 앞에서 시를 쓰지 않을 수 없어 몇 수 적어 놓았지요."

금원은 자랑스럽게 말했다. 그런데 삿갓은 반응이 없었다. 한 번 보여 주라든가, 읊어 보라든가 할 줄 알았는데 아무 말도 하지 않았다.

"시란 무엇인가?"

한참 만에 삿갓이 입을 열었다. 금원은 예상치 못한 질문에 당황했다. 누구나 아는 일반적인 대답을 원하는 게 아님을 삿갓의 표정으로 알 수 있었다.

"시는……."

금원은 더는 말을 잇지 못했다. 시를 잘 안다고 생각했는데, 막상 정의를 내리려고 하니 쉽지 않았다.

"시는 힘이 세고, 무거운 것이네."

"힘이 세고, 무거운 것?"

금원은 삿갓의 말을 따라 했다.

"짧은 시 한 편에 한 사람의 일생을 담을 수도 있고, 한 나라의 흥망성쇠도 담을 수 있네. 그러니 시는 무겁고, 힘이 세지."

금원은 그 의미를 짐작할 뿐, 온전히 이해되지는 않았다.

"유람하면서 느끼는 자연의 아름다움을 노래하는 시도 좋지. 그러나 세상에서 일어나는 일을 깊은 눈으로 바라보고 그 속에서 일어나는 불합리한 일을 지적하고, 아픈 이들을 위로하는 시가 좋은 시라고 생각하네."

'불합리한 일을 지적하고, 아픈 이들을 위로하는 시?'

갑자기 가슴속에서 시원한 바람이 이는 것 같았다.

"아까 생선 소동을 보았다고 했지? 그래, 어떤 생각이 들던가? 누가 잘못한 건가? 아낙인가, 아이인가, 고양이인가?"

삿갓이 날카롭게 눈빛을 빛내며 물었다.

"딱히 아이에게 잘못했다고 하기도 그렇고, 아낙에게 잘못했다고 하기도 그렇고. 참으로 난감한 상황이라 저도 내내 마음이 무거웠습니다."

금원은 솔직하게 말했다.

"얼핏 보기에는 고양이 때문에 벌어진 일처럼 보이지만 이 일의 핵심은 굶주림이네. 아이도 배가 고파 달아날 생각을 하게 되었고, 아낙도 굶주리는 형편 때문에 강팍해진 것이지. 고양이야 말할 것도 없지. 배고픈 세상이 범인이고, 그 배고픈 세상을 만든 나라님과 벼슬아치들이 범인이지 않겠나?"

금원은 깜짝 놀랐다. 듣고 보니 구구절절 맞는 말이었다. 조금 전 파도와 싸울 듯이 외쳐 대던 시가 생선 소동을 겪은 뒤 삿갓의 마음을 풀어놓은 것일지도 모른다는 생각이 들었다. 새삼 삿갓이 존경스러웠다.

"어르신의 가르침 가슴에 새기겠습니다."

"초면에 잔소리를 늘어놓았네. 자네 눈빛이 예사롭지 않아 나도 모르게 마음이 동했나 보네. 문자 놀음에 불과한 사대부들의 시를 흉내 내지 말고, 자네만의 시를 쓰게."

"예, 명심하겠습니다. 어르신의 유람은 언제 끝납니까?"

십수 년을 떠돌고 있다고 하니 그 여정의 끝이 궁금했다. 금원은 혹여 자신도 끝없이 떠돌게 될까 봐 두려운 마음이 일었다.

"나에게 유람이라는 말은 사치네. 그저 나를 찾아 떠돌고 있을 뿐이라네. 벼슬도 싫고, 남의 비위 맞추는 재주도 없으니 바람 부는 대로 흘러 다닐 뿐이지.”

대지팡이를 짚고 일어선 삿갓이 갑자기 시를 읊었다.

봄바람에 귀밑머리 흩날릴 제
금강산 만이천봉 두루 유람하고
길벗과 망양정에 올라 보니
만경창파에 조각배 하나 아슬하구나.

금원에게 주는 시였다. 삿갓이 빙긋이 미소를 지어 보이더니 길을 나섰다.

“어디로 가십니까?”

삿갓은 대답 없이 총총히 멀어졌다. 삿갓의 뒷모습을 보며 금원은 마음속으로 인사했다.

‘덕분에 제가 시로써 무엇을 노래해야 할지 분명히 깨달았습니다.’

득음의 길

금강산과 관동 팔경을 다 보았는데도 금원은 못내 아쉬운 마음이 남았다. 무엇을 더 봐야 직성이 풀릴 것인가.

금원은 내친김에 설악산을 찾았다. 설악산은 산 정상 바위에 오랫동안 눈이 녹지 않고 하얗게 남아 있어 붙은 이름이라고 한다. 금강산의 구룡폭포, 천마산의 박연폭포와 함께 조선 3대 폭포 가운데 하나인 설악산의 대승폭포를 보고 싶었다. 또한 설악산은 '은자의 산'이라고 불릴 정도로 은둔자가 많았다는데, 그들의 흔적을 찾아보고 싶었다. 그들은 왜 숨어 사는 삶을 택했을까. 자신의 재능을 펼치지 못하고 세상을 등지고 살아야 했던 그들은 어떤 심정이었을까. 억울했을까, 아니면 차라리 속 시원했을까. 그런데 세상을 피해 산속으로 숨어든 은둔자들 때문에 설악산이 사람들에게 더 알려지게 되었다고 하니 기분이 묘했다.

내설악으로 들어가니 하얗게 빛나는 바위들이 그리는 수려한 산세가 금강산에 견주어도 부족하지 않을 만큼 아름다웠다. 가파르게 깎아지른 우뚝한 산봉우리들은 하늘에 닿을 듯 높았다. 저 멀리 웅장하게 보이는 거대한 돌산은 보기만 해도 신령스러움이 느껴졌다. 금원은 산등성이를 넘고 내를 건너 대승폭포를 향해 걸음을 재촉했다.

'어, 저건?'

불쑥 맞닥뜨린 풍경에 금원은 걸음을 멈추었다. 소란스러운 소리가 들리는가 싶더니 군락을 이룬 소나무 위에 수많은 학이 앉아 있었다. 초록과 흰색의 대비가 너무나 선명해 눈이 부셨다. 어딘가 낯익은 풍경이었다.

'어디서 보았더라?'

문득 어머니가 놓던 자수가 생각났다. 어머니의 수놓는 솜씨는 일품이었다. 색색의 실 끝에서 피어나는 꽃, 나무, 새는 금방이라도 살아 움직일 것처럼 생생했다. 금원과 경춘은 어머니의 자수를 볼 때마다 감탄했다. 그중에 소나무에 앉아 있는 학도 있었다.

그런데 어머니가 놓은 자수 속 풍경과 지금 눈앞에 펼쳐진 풍경은 달랐다. 끼루룩, 끼루룩 학이 내는 소리, 지독한 똥 냄새, 여기저기 날리는 깃털, 학의 똥에 누렇게 말라 죽은 소나무 이파리……. 자수 속 풍경이 박제된 아름다움이라면 지금 금원이 보고 있는 풍경에는 생기 왕성한 거친 숨결이 있었다. 많이 달랐다. 집에서 서책만 읽던 금원과 지금 유람하고 있는 금원이 다르듯이.

'호호, 경춘이한테 말해 줘야지. 고고한 학의 똥 냄새는 무지 지독하더라고.'

금원은 코를 싸쥐고 머리 위 학의 숲을 천천히 지나갔다.

폭포가 가까워지는지 물소리가 들려왔다. 처음에는 빗소리 같더니 차츰 쏴 물소리가 들렸다. 몸보다 마음이 먼저 대승폭포로 달려갔다. 급기야 누가 불러도 못 들을 만큼 물소리가 커졌을 때, 눈앞에 대승폭포가 모습을 드러냈다.

"우아!"

금원의 입에서는 감탄사가 연신 터져 나왔다.

까마득한 높이에서 장쾌하게 쏟아져 내리는 물줄기가 장관이었다. 올려다보는 금원의 고개가 꺾일 지경이었다. 대승폭포의 물줄기가 장관이라는 이야기는 들었지만, 이틀 전 비가 온 때문인지 내리쏟아지는 물줄기가 실로 대단했다. 설악산 봉우리들은 사라지고, 오직 대승폭포만 존재하는 것 같았다. 금강산에서도 폭포는 여러 개 보았지만 이렇듯 한 치의 미련도 없이 시원하게 내리꽂는 물줄기는 처음 보았다. 아름답기 그지없었다. 세상 모든 것들이 위로만 오르려고 할 때, 과감하게 내려가는 것 또한 길이라고 말해 주는 것 같았다.

웅장한 폭포 소리에 귀가 먹먹했다. 폭포 아래서 몇몇 사람들이 폭포수를 그대로 맞고 있었다. 곧장 떨어지는 물줄기는 아파서 맞을 엄두가 나지 않았지만, 바깥쪽에서 날리는 물줄기는 맞을 만할 것 같았다.

금원은 물보라를 뚫고 폭포 아래쪽으로 내려갔다. 떨어지는 물줄기에 맞은 어깨에 통증이 느껴졌다. 그러나 기분은 좋았다. 금원은 얼굴을 내려치는 물줄기를 맞으며 소리쳤다.

"나는 김금원이다!"

폭포 소리와 겨루기라도 하듯 목청껏 소리 질렀다. 물줄기에 얻어맞은 머리가 얼얼했다. 금원은 머리를 감싸고 첨벙첨벙 뛰었다. 물을 오래 맞고 있을 수는 없었다. 봄이기는 하지만 이내 한기가 느껴졌다.

금원은 햇빛이 비치는 바위에 걸터앉았다. 무심코 건너편을 바라보던 금원은 한 곳에 눈길이 박혔다. 폭포 옆 기슭에 소리꾼으로 보이는 이가 앉아 있었다. 북을 치며 소리를 하는 듯한데, 소리가 들리지는 않았다. 들리는 건 오직 폭포 소리뿐이었다.

'왜 하필 폭포 옆에서?'

소리 연습을 하려면 조용한 곳에서 할 일이지 왜 이런 데서 하나 싶어 이상했다. 금원은 가까이 있는 구경꾼에게 물었다.

"저 사람은 왜 저기서 저러는 겁니까?"

폭포 소리 때문에 잘 들리지 않는지 남자가 고개를 흔들더니 귀를 가까이 댔다. 금원은 손가락으로 소리꾼을 가리킨 뒤, 남자의 귀에 대고 큰 소리로 다시 물었다. 남자가 큰 소리로 대답했지만 제대로 알아들을 수 없었다. 다만 '득음'이라는 말은 분명히 알아들었다. 추측건대 폭포 옆에서 득음하기 위해 수련하고 있다는 말이었다.

'득음이라면 말 그대로 소리를 얻는다는 뜻인데, 이미 소리를 하는 소리꾼이 무슨 소리를 더 얻겠다고 저렇게 연습하는 걸까?'

금원은 소리꾼의 사연이 궁금했다. 호기심이 많은 금원의 성격상 그냥 지나칠 수가 없었다.

금원은 소리꾼이 있는 곳으로 갔다. 온몸이 흠뻑 젖은 채 소리꾼은 북을 두드리며 혼신의 힘을 다해 소리하고 있었다. 금원은 한껏 귀를 열어 소리에 집중했다.

"심청이가…… 아비가 눈이 멀어……."

〈심청가〉를 부르고 있었다. 소리꾼의 표정이 노래 가사만큼이나 애절했다.

'무엇이 저 사람을 저토록 닦아세우는 걸까?'

절규하는 소리꾼의 모습은 금원의 마음을 사로잡았다. 금원은 다음 목적지로 가는 발걸음을 잊은 채 소리꾼을 지켜보았다.

한참 후, 소리꾼이 자리에서 일어났다. 주섬주섬 북을 둘러메고 신을 꿰신더니 바위에서 내려왔다. 금원은 서둘러 자리에서 일어나 조용히 소리꾼의 뒤를 따랐다. 폭포를 등지고 한참 길을 내려가던 소리꾼이 갑자기 뒤를 돌아보았다.

"왜 따라오는 겁니까?"

소리꾼의 목이 심하게 쉰 듯 탁한 쉿소리가 났다. 하기는 목청껏 질러 댔으니 그럴 만도 하다.

"아, 그냥 지나가는 길손입니다."

금원은 엉겁결에 대답했다. 치켜 올라간 눈꼬리가 성깔깨나 있어 보였다. 젖은 수염이 입 언저리에 아무렇게나 붙어 있었다. 삼십 대 중반쯤으로 보였다.

"이 길은 내 거처로만 난 길, 나 말고 다니는 사람이 없소."

그러고 보니 사람이 다니는 길치고는 흔적이 많지 않았다. 그제야 금원은 아무 생각 없이 소리꾼의 뒤만 밟았음을 깨달았다.

"아까 폭포에서 소리하는 모습을 보고 마음이 동했습니다. 궁금한 것도 있고 하여……."

"소리가 제대로 들리지도 않았을 텐데."

소리꾼은 어두운 표정으로 혼잣말처럼 나지막이 말했다.

"제대로 들리진 않았지만, 혼신의 힘을 쏟는 몸짓만으로도 크게 감탄했습니다. 〈심청가〉를 부르셨지요?"

금원이 아는 체하자 소리꾼이 매섭게 쏘아보았다. 금원은 자신이 무슨 말을 잘못했나 싶어 되짚어 보았으나 알 길이 없었다.

"보아하니 세상 팔자 좋은 유람객 같은데…… 어서 가던 길이나 가시오!"

소리꾼이 통명스럽게 말하고는 획 돌아섰다.

"나는 그저 소리하는 모습이 하도 진중해 보여……."

"득음은 소리를 얻는 것이지 모습을 얻는 것이 아닙니다!"

아차, 그제야 금원은 자신이 무슨 말을 잘못했는지 알 수 있었다. 득음을 하려는 사람에게 소리에 대해 이야기하지 않고 그 모습이 감동적이라고 했으니 욕을 하는 셈이 되어 버렸다.

"죄송합니다, 그런 뜻은 아니었는데."

소리꾼은 앞만 보고 걸어갔다. 구부정한 등에 매달린 북이 유난히 무거워 보였다. 금원은 조용히 소리꾼의 뒤를 따랐다. 한참을 걸어 내려갔을 때, 갑자기 소리꾼이 멈춰 서더니 금원에게 말했다.

"누추한 곳입니다."

따라와도 좋다는 뜻이었다. 목소리에 노여운 기색은 사라졌으나 역시 무뚝뚝했다.

소리꾼의 거처는 조그마한 굴에 초막을 덧댄 형태로, 초막 안은 아주 단출했다. 끼니를 때우는 데 필요한 도구 말고는 북 하나가 전부인 듯했다.

"폭포까지 꽤 먼 거리인 듯합니다."

"나는 염계라고 합니다."

"아, 예. 나는 원주에서 온 김가라고 합니다. 이곳에는 언제 온 겁니까?"

금원은 초막 안을 둘러보며 조심스럽게 물었다.

"삼 년째요. 하루도 거르지 않고 폭포에 올라가 소리 공부를 하고 있지요."

하마터면 삼 년이나 공부하고도 득음을 하지 못했냐고 물을 뻔했다.

"득음이라는 것이 쉬운 일이 아닌가 봅니다."

금원이 조심스럽게 말했다. 사실 득음이 무어라고 이리 사서 고생하느냐고 묻고 싶은 걸 꾹 참았다.

"득음을 하려면 목에서 피를 토할 때까지 소리를 해야 하지요. 이미 두 번이나 피를 토했지만, 아직 통성을 얻지 못해……."

금원은 깜짝 놀랐다. 두 번이나 피를 토하고도 얻지 못한 통성이란 도대체 뭘까.

"통성이 무엇입니까?"

"배에서 바로 위로 뽑아내는 소리, 즉 온몸을 울려서 나오는 소리지요."

금원은 자기도 모르게 목을 만졌다. 소리는 목에서 나오는 것인데, 온몸을 울려서 나온다니 무슨 소린지 이해되지 않았다.

"온몸을 울려서 나오는 소리는 어떤 소리입니까?"

금원이 다시 물었다.

"폭포 소리를 뚫고 나오는 소리!"

"예?"

소리꾼은 아무렇지 않게 대답했다. 어떻게 사람의 소리가 그 우레 같은 폭포 소리를 뚫고 나와 들릴 수 있다는 말인가. 금원은 놀란 눈으로 그를 바라보았다.

"통성으로 나오는 소리는 웅장하고 호탕하여 어떤 고음도 자유자재로 낼 수 있고, 통성이 나오면 득음했다고 할 수 있지요."

"아!"

금원은 불현듯 한 장면이 떠올랐다. 작년이었나. 어느 날 동네 양반 세도가 담 너머로 판소리 자락이 흘러나왔다. 경춘이 전하는 말에 따르면 그 댁 마님의 환갑잔치에 유명한 명창을 불렀다고 했다. 골목길을 사이에 두고 들려오는 소리는 금원의 귀를 사로잡았다. 그 소리가 어느 대목에서는 애절하여 눈물이 나고, 어느 대목에서는 돌이 구르는 듯 빠르고 거칠어 손에 땀이 났다.

"어서 잠긴 목이 터져야 할 텐데."

소리꾼이 목을 쓰다듬으며 괴로운 표정을 지었다. 그의 목소리는 마치 천 길 밑에서 잡아끌어 내리는 것처럼 가라앉아 있었다. 귀를 기울여 듣지 않으면 알아듣기도 쉽지 않았다. 누가 시켜서 하는 것도 아닐 텐데, 왜 저 고생을 하는지 금원은 안타까웠다.

"왜 득음하려고 하십니까? 이렇게 힘든데."

금원은 바로 어리석은 질문을 했다는 생각이 들었다. 답은 뻔한 거 아니겠는가. 명창이 되어 사람들에게 인정받고, 여러 곳에 불려가 소리를 하고 싶어서가 아니겠는가. 선비에게 입신양명의 길이 과거이듯 소리꾼에게는 득음이 입신양명하는 길일 것이다.

"나를 찾기 위해서요."

명창이 되기 위해서가 아니라고? 소리꾼의 뜻밖의 대답에 금원은 잠깐 멍해 있었다.

"어떻게 소리로 나를 찾는다는 말입니까?"

금원이 눈빛을 빛내며 물었다.

"나는 열세 살 때부터 소리를 배워 이십여 년을 소리꾼으로 살았지요. 그럭저럭 소리를 팔아먹으며 살았는데, 어느 날 문득 남의 흉내나 내며 사는 내 모습에 회의가 들었지요. 소리꾼으로서 나만의 소리를 얻고 싶어 삼 년 전에 이곳을 찾아와, 지금껏 하루도 빠지지 않고 폭포에 가서 수련하고 있는 것입니다."

"그렇군요. 이 깊은 산중에서 혼자 날마다 소리 공부를 한다니 대단합니다. 힘든 일이 한둘이 아닐 텐데요."

"비록 몸은 힘들지만, 마음은 전보다 편합니다. 비로소 나로 살고 있다는 기분이 드니까. 고통스럽기만 하다면……. 삼 년 전, 처음 이곳에 올 땐 둘이었지요."

"둘이요? 그럼 한 분은?"

초막 안에는 다른 사람의 흔적은 보이지 않았다.

"작년 봄에…… 떠났지요."

"아, 한 분은 도중에 포기하고 내려갔군요."

소리꾼의 입이 바르르 떨렸다.

"폭포에서…… 뛰어내렸습니다."

"예?"

그의 눈두덩이 붉어졌다.

"그 친구는 나보다 먼저 목에서 피를 쏟았고, 소리 공부도 훨씬 앞서갔지만 득음에 쫓겨 소리를 즐기지 못했지요. 급기야 폭포 소리가 무섭다고 하더니……."

소리꾼은 대승폭포가 있는 쪽으로 고개를 돌리더니 한숨을 내쉬었다. 그러고는 북을 잡더니 딱딱 두드린 뒤 목청을 뽑았다.

이 산 저 산 꽃이 피니 분명한 봄이로구나
봄은 찾아왔건만 세상사 쓸쓸하구나
……
무정한 세월은 덧없이 흘러가고
이내 청춘도 아차 한번 늙어지면
다시 청춘은 어려워라
어화 세상 벗님네들 이내 말 들어 보소
……

소리꾼은 꽉 잠긴 목소리로 〈사철가〉를 불렀다. 폭포에 몸을 던져 세상을 버린 동료를 생각하는 걸까. 폭포 아래서 부르던 것처럼 혼신의 힘을 쏟아 불렀다. 구구절절 피를 토하는 듯한 소리가 고음으로 오르면서 목소리가 탁 트였다. 금원의 팔에 오스스 소름이 돋았다. 통성이란 이런 게 아닐까. 듣는 이를 전율하게 하는 소리. 터질 것처럼 부풀어 오른 소리꾼의 핏대를 쳐다보면서 금원은 마치 자기가 부르는 양 깊은숨을 몰아쉬었다.

그의 눈에서 눈물이 흘러내렸다. 소리는 끝날 줄 모르고 이어졌다. 〈사철가〉가 끝나자 〈심청가〉의 한 대목이 이어졌고, 뒤이어 〈수궁가〉를 부르기 시작했다. 금원은 소리에 빠진 그를 향해 가만히 고개를 숙여 보인 뒤 초막을 나왔다.

소리는 끝없이 뻗어 나가는 덩굴손처럼 따라와 금원의 발목을 휘어 감았다. 금원은 소리를 흥얼거리며 산에서 내려왔다.

금원은 갈림길에서 초막 쪽을 바라보았다. 꽤 멀리 왔는데도 노랫소리가 들리는 듯했다. 금원은 손을 흔들었다. 자기 삶의 주인이 되기 위해 득음이라는 고행의 가시밭길을 택한 소리꾼에게 마음으로부터 보내는 존경의 표시였다.

금원은 흡족한 마음으로 삼연 김창흡이 짓고 머물렀다는 영시암과 매월당 김시습이 은둔했다는 오세암도 차례로 둘러보았다. 세상에 환멸을 느낀 두 사람은 세상을 등지고 편안했을까. 금원은 은둔자의 삶과 득음을 위해 고행을 택한 소리꾼의 삶 가운데 어느 쪽이 더 나은 걸까 생각했다. 그러나 어떤 평가도 할 수 없었다. 어느 쪽이든 스스로 선택한 삶이니 존중되어야 마땅하니까. 산과 물을 원 없이 보았으니 이제 사람을 봐야지.

"가자, 나의 득음을 위해!"

시를 꿈꾸는 사람들

금원은 한양으로 발길을 돌렸다. 이름난 산도 보고, 바다도 보았으니 조선의 도읍 한양을 보고 싶었다. 한양으로 가면서는 사람을 많이 만났다. 처음 길을 나섰을 때는 사람을 만나는 게 두려웠다. 그런데 시간이 지나면서 두려움은 사라지고 사람을 만나는 게 큰 즐거움이 되었다. 남자, 여자, 아이, 노인, 길에서 마주친 사람들의 이야기를 듣는 게 좋았다.

"어디까지 가십니까?"

"그럼 살펴 가십시오."

어느 길목에서 만나 함께 걷다가 또 어느 길목에 다다라 헤어지는 길동무들, 통성명도 없이 어울렸다가 헤어지곤 했지만 낯선 곳을 걷는 금원에게는 힘이 되어 주었다. 서로 신분도 목적지도 다르지만 길 위에서는 모두 동무였다.

'유람을 나서지 않았으면 내 생에 절대 만날 수 없었던 사람들,

잠깐이지만 다들 배울 점들이 있었어.'

금원은 그동안 스쳐 갔던 길벗들을 떠올리자 저절로 미소가 지어졌다. 한양에 가면 또 어떤 사람들을 만나게 될까. 가슴이 두근거렸다.

한양은 크고 작은 산으로 둘러싸여 고개도 많고 물길도 많았다. 인왕산 정상에서 내려다보니 한양 도성이 한눈에 들어왔다.

"오, 한양이 저렇게 생겼구나!"

금원은 산과 계곡을 씨줄과 날줄 삼아 세운 한양 도읍지를 잠시 넋을 놓고 바라보았다. 말로만 듣던 한양의 모습을 실제로 보니 금원은 감개무량했다.

인왕산 고갯길을 타고 내려와 목멱산(남산의 옛 이름)에 올랐다. 목멱산에서 대궐을 내려다보니 높고 거대한 대궐 지붕에 상서로운 기운이 흘러넘쳤다.

"저기가 이 나라 조선을 다스리는 임금님이 계시는 곳이구나."

금원은 말로만 들어 온 임금님이라는 존재가 바로 지척에 있다는 사실이 믿기지 않았다. 세상의 중심에 서 있는 듯한 기분에 어깨에 힘이 들어갔다.

대궐 주변으로는 크고 화려한 건물들이 늘어서 있었다. 대궐 앞에서 이어지는 넓은 길에는 큰 상점들과 그곳을 오가는 사람들로 생기가 넘쳤다. 양반, 평민, 남녀노소가 섞여 바쁘게 오가고 있었다. 금원은 이렇게 많은 사람을 한 번에 본 적이 없어 눈이 휘둥그레졌다.

"와, 이 많은 사람이 다 어디서 왔담?"

한참 두리번거리다 생각하니 자신의 꼴이 우습기 짝이 없었다. 금원처럼 두리번거리며 한눈파는 사람은 하나도 없었다. 시골에서 나고 자라 스스로 안목이 좁음을 드러내는 꼴이었다. 풋, 웃음이 나왔다. 금원은 시골뜨기처럼 보이지 않으려고 고개를 빳빳이 들고 앞만 보고 걸었다.

크고 화려한 집들이 즐비한 곳을 지날 때였다. 갑자기 귀청이 찢어질 듯 큰 소리가 났다.

"물렀거라, 대감마님 행차시다. 물렀거라!"

한 사내가 소리쳤다. 가마 한 채가 다가오고 있었다. 지체 높은 분이 행차하는 모양이었다. 행인들이 길가로 물러나 땅바닥에 엎드려 머리를 조아렸다. 대체로 평민들이었다. 금원은 어찌해야 할지 망설였다. 금원이 머뭇거리는 사이 가마가 열댓 걸음 앞까지 다가왔다.

"대감마님 행차시다, 물렀거라!"

사내의 부릅뜬 눈이 금원에게 꽂혔다. 금원은 갑자기 맞닥뜨린 상황에 몸이 움직여지지 않았다. 눈앞이 깜깜해졌다.

"윽!"

누군가 금원의 뒷덜미를 낚아챘다. 움켜쥔 손아귀 힘이 어찌나

센지 이끄는 대로 끌려갔다. 정신을 차리고 보니 좁은 골목 안이었다.

"누, 누구요? 컥."

뒷덜미를 잡은 손아귀 힘이 풀리자 금원은 심하게 캑캑댔다.

"설마 했는데, 맞네!"

금원은 밑도 끝도 없이 무례를 범한 사람에게 한마디 할 생각에 뒤를 돌아보았다.

"엉, 댁은?"

금원의 두 눈이 커다래졌다.

"하하, 기억나는가? 나도 처음엔 긴가민가했네."

제천 의림지로 가는 길에 주막에서 만난 등짐장수였다.

"하마터면 경을 칠 뻔했네그려. 나는 새도 떨어뜨린다는 안동 김씨 대감마님 행차에 무슨 배짱으로 딱 버티고 서 있는가? 내가 자네를 봤으니 망정이지. 그런데 자네가 어찌 한양에 있는가?"

등짐장수는 대뜸 허물없이 친한 벗을 대하듯 말했다. 그러면서도 뜻밖의 만남에 놀란 기색이 역력했다. 금원도 등짐장수 못지않게 놀랐다.

"도리어 내가 묻고 싶은 말입니다. 어떻게 여기 있습니까? 한양 장을 보러 온 겁니까?"

그렇게 말해 놓고 보니 등짐장수의 차림새가 전에 본 것과는 아주 달랐다. 등짐도 지지 않고, 패랭이 대신 갓을 쓰고, 깔끔하게 도포를 차려입었다.

금원이 훑어보는 것을 의식했는지 등짐장수가 웃으며 말했다.

"아, 오늘 중요한 일이 있어서……. 이렇게 다시 만난 것도 인연인데, 여기서 이럴 게 아니라 어디 가서 요기나 할까?"

"좋습니다."

금원도 바쁠 게 없어 고개를 끄덕였다. 다시 만난 사이라 그런지 경계심이 일지 않았다. 처음 유람길에 올랐을 때는 남장했어도 여자의 본성이 불쑥 튀어나와 불편했다. 그러나 길 위에서 낯선 이와 숱하게 부딪치다 보니 허둥대지 않고 요령이 생겼다.

"그럼 내가 아는 집이 있으니 거기로 가세. 음식 맛도 최고지."

금원은 등짐장수를 따라 걸었다. 양팔을 벌리면 닿을 만한 좁은 골목길이 쭉 이어졌다. 놀랍게도 양쪽으로 국밥집과 주점들이 즐비하게 늘어서 있었다. 입맛이 당기는 음식 냄새가 골목에 진동했다. 가게마다 손님이 제법 들어차 있었다. 시장기를 느끼던 참이라 배에서 꼬르륵 소리가 났다.

골목 안은 말 탄 사람들과 가마가 섞여 다니는 큰길과는 또 다른 활기가 넘쳤다. 골목은 이제 끝인가 싶으면 이어지고 또 이어졌다. 금원은 신기한 듯 두리번거렸다.

"여긴 피맛골이라 부른다네. 처음 와 보는 모양이군."

"피맛골이요?"

"저쪽 대로는 궁궐로 가는 양반들이 탄 말이나 가마가 수시로

다녀 여간 불편한 게 아니지. 양반이 행차할 때마다 머리를 조아
려야 하니. 그래서 사람들이 대로를 피해 이 길을 많이 이용한다
네. 말을 피한다는 뜻으로 피맛골이라고 하지."

"아!"

등짐장수는 마치 한양 사람이라도 된 듯 익숙하게 피맛골을
설명했다.

"화려한 도성 한양에도 그런 속사정이 있구나."

금원은 혼잣말처럼 중얼거렸다. 왠지 남장한 자기 모습이 피맛
골과 닮았다는 생각이 들어 씁쓸했다.

등짐장수가 한 가게로 들어갔다. 가게 안은 지나오면서 본 다
른 가게들과 별반 다르지 않았다. 사람들 틈을 비집고 안쪽에 자
리를 잡고 앉았다.

"어서 와요. 안 그래도 얼추 올 때가 됐다 싶었지."

주인인 듯한 여자가 나오며 반갑게 맞았다. 등짐장수가 한양에
자주 오는 모양이었다.

"형수님도 그동안 잘 계셨지요?"

형님 집인가? 그럼 그렇다고 할 것이지. 금원은 등짐장수에게
눈을 흘겼다.

"근데 웬 홍안의 미소년을 대동하셨나? 백전에 같이 나갈 일행
인가?"

주인 여자가 금원을 쳐다보며 눈을 빛냈다. 미소년이라는 말에

금원은 어색해서 눈을 돌렸다. 그런데 주인 여자가 말한 '백전'이라는 말이 귀에 걸렸다. 어디서 들어 본 말 같은데 통 기억이 나지 않았다.

"아닙니다. 제천 장에 가는 길에 길동무로 만났는데, 오늘 우연히 만났지 뭡니까. 반가워서 같이 요기나 하려고 왔습니다. 근데 형님은 벌써 가셨습니까?"

"형님이야 며칠 전부터 그곳에서 살지요. 그 급한 성미 어디 갑니까?"

주인 여자가 호탕하게 말했다.

"하하, 여전하시군요. 형수님, 우리 국밥 두 그릇 말아 주십시오. 이 친구가 입맛이 좀 까다로우니 특별히 맛있게 해 주셔야 합니다."

등짐장수가 금원에게 묻지도 않고 국밥을 시켰다.

"한양엔 무슨 일로 왔나? 전에 봤을 때보다 좀 야윈 것 같아 얼른 못 알아봤네."

등짐장수는 오래된 친구를 만난 듯 허물없이 대했다.

"그동안 여기저기 좀 다녔습니다. 그런데 백전이 뭡니까?"

"백전? 인왕산 아래 계곡에서 열리는 시 대회라네. 사실 나도 거기 가는 길이었네."

"시 대회요?"

금원의 눈이 휘둥그레졌다.

"시를 짓고 겨루는 대회 말일세. 매년 봄, 가을 두 번 열리지. 무기가 아닌 흰 종이로 글솜씨를 겨룬다는 뜻으로 백전이라고 한다네."

"시를 지으십니까? 등짐장수 하면서?"

금원은 깜짝 놀라 물었다. 그런데 아차 싶었다. 이 대목에서 왜 등짐장수라는 말이 튀어나왔는지 무안해서 얼른 입을 가렸다. 금원의 마음을 읽었는지 등짐장수가 머리를 긁적이며 말했다.

"쑥스럽네만 내가 시를 좋아한다네. 왜, 어울리지 않는가?"

"아닙니다. 그러니까 제 말은……."

금원은 대답이 궁색해 말을 이을 수가 없었다.

"괜찮네. 등짐장수가 시를 쓰는 게 이상하게 보일 수 있지. 시는 양반 사대부들의 전유물이었으니까. 그런데 언제부턴가 인왕산 계곡에 시를 즐기는 중인들이 모여들어 시회를 만들었지. 평민들도 더러 있고. 세상이 많이 변했다네. 한양에선 꽤 알려진 일인데, 아직 원주까지는 소식이 닿지 않은 모양이네그려."

등짐장수가 일부러 큰 소리로 웃었다. 사실 금원은 신분이 낮은 등짐장수를 그저 장사치 정도로만 생각하고 있었다. 그래서 그런 말이 생각 없이 툭 튀어나와 버린 것이다. 뱉은 말을 다시 주워 담을 수도 없고, 민망하기 짝이 없었다.

"시회를 처음 만드신 분은 비록 중인이나 글솜씨가 뛰어난 분이셨지. 나도 직접 뵙지는 못했지만 여러 동인에게 전해 들었네.

가난한 집안에서 태어났으나 글 읽기를 좋아하고 시를 곧잘 지으셨다지. 그분의 시를 보고 많은 시인 묵객들이 인왕산 계곡으로 몰려들었지. 덕분에 나도 시회에 나가 틈틈이 시를 즐기는 기쁨을 얻었다네."

등짐장수가 자랑스럽게 말했다. 혼자서 쓰는 게 아니라 시회 활동까지 한다는 말에 금원은 더 놀라웠다.

"모임에도 나가십니까?"

"평소에는 지방의 장날을 찾아 다니며 열심히 장사하고, 한 달에 한 번은 짬을 내어 시회에 나가고 있지. 오늘 열리는 백전은 크고 작은 시회 동인들이 모두 참가하는 특별한 대회라네."

"대회를 해서 작품을 뽑습니까?"

"물론이지. 백전에서 일등 한 시는 모든 참가자가 베껴 쓰면서 외운다네."

"뽑힌 적이 있습니까?"

"에이, 아직 그런 실력은 못 되네. 시를 쓸 수 있다는 것만도 감사할 일이지, 하하."

등짐장수의 얼굴이 수줍게 붉어졌다.

"자, 뜨끈한 국밥 나왔습니다. 든든하게 드시고, 백전에서 꼭 일등 하시오!"

주인 여자가 국밥을 내려놓으며 덕담을 건넸다.

"하하, 나야 아직 피라미지요. 형님에게 해당하는 말씀 같은데,

대신 전해드리겠습니다."

"내가 그 양반처럼 십 년 가까이 시회를 쫓아다녔으면 진즉 일
등을 했겠네."

"형수님, 형님 시를 과소평가하면 안 됩니다. 수성동에서 꽤 인
정받는 실력자십니다."

"아이고, 내가 뭘 알아야지. 호호호."

등짐장수와 주인 여자가 유쾌하게 웃었다. 금원은 두 사람의
대화가 낯설지만 반가웠다. 양반 사대부처럼 주류가 못 되는 중
인이 시를 즐기는 모습이 남자들 중심의 세상에서 천대받는 여
자들, 게다가 얼녀 신분인 자신이나 죽서가 시를 좋아하는 것과
다르지 않았기 때문이다. 불현듯 전에 죽서가 한 말이 떠올랐다.

죽서 집에서 경춘이와 함께 시를 지어 보여 주며 이야기를 나
누고 있었다. 세 사람 가운데 죽서가 쓴 시가 단연 으뜸이었다.

"나는 시를 짓고 있을 때가 제일 행복해. 내 처지를 잊을 수 있
거든. 서글픔도 울분도 다 떨쳐 버릴 수 있어. 금원이 넌 왜 시가
좋아?"

죽서가 금원에게 물었다.

"시는 남자와 여자를 구별하지 않잖아."

"맞아. 그래서 시를 꿈꾸는 사람들이 많아지나 봐. 지난번에 한
양에서 온 사촌 오라버니한테 들었는데, 한양에선 백전이라고 하
는 시 짓는 대회까지 열린대. 어떤 모습일지 정말 궁금해."

그제야 금원은 등짐장수에게서 백전이라는 말을 처음 들었을 때 선뜻 귀에 들어온 이유를 알았다.

국밥을 다 먹고 일어설 때 금원이 말했다.

"저도 백전에 따라가 보고 싶은데, 데려가 주시겠습니까?"

금원은 남장을 했으니 백전에 가 볼 수 있는 좋은 기회였다. 돌아가서 죽서와 경춘에게 백전을 본 이야기를 들려주고 싶었다.

"그래? 자네가 바쁘지 않으면 같이 가면 좋지."

등짐장수는 흔쾌히 승낙했다.

원래 계획은 육조거리를 들렀다가 북촌에 가 볼 참이었다. 광화문 앞 육조거리에는 의정부를 비롯해 예조, 이조, 호조, 병조, 형조, 공조 등의 주요 관아가 있다고 했다. 조선의 사내라면 관원이 되어 매일 육조거리를 걷는 것이 꿈이리라. 여자로 태어난 금원은 죽었다 깨어나도 벼슬을 할 수 없으니 구경이라도 해 보고 싶었다. 그러고 나서 권문세가들의 집이 모여 있다는 북촌에도 가 보고 싶었다. 그러나 등짐장수를 만나 백전에 대해 듣고 나서 마음이 바뀌었다.

"그러고 보니 우리 통성명도 못 했군그래. 나는 천수라고 하네, 김천수."

"저는 김금원이라고 합니다."

등짐장수와 통성명을 하고 나니 오랜 지기처럼 느껴졌다.

인왕산 계곡으로 가면서 금원은 천수와 많은 이야기를 나누었다. 천수의 말에 따르면, 그는 중인 계급으로 어려서부터 할아버지를 따라 시회에 발을 들이기 시작했다. 그의 할아버지는 인왕산 계곡에서 시로 꽤 인정받는 이로, 그는 할아버지에게 시를 배웠다.

금원도 자기소개를 했다. 자신의 나이와 여자라는 사실은 말하지 못했지만 제천 의림지를 시작으로 금강산을 둘러보고 관동팔경과 설악산을 들러 한양까지 오게 된 내력을 찬찬히 이야기했다. 또한 고향에 시를 좋아하는 친한 동무가 있다는 이야기도 빼놓지 않았다.

"그 명산들을 다 구경했다니 대단하구먼. 자네가 참 부럽네."

"저야 처음 나선 유람이지만, 평소에 많이 다니시지 않습니까?"

금원은 왠지 자랑을 늘어놓은 것 같아 민망했다.

"나야 등짐을 지고 시끌벅적한 장터나 찾아다녔지, 그렇게 수려한 명산은 가 본 적이 없네. 좋은 경치를 보면 좋은 시가 절로 나오겠네그려."

천수의 말에 금원은 문득 삿갓이 한 말이 생각났다. 자연의 아름다움을 노래하는 시가 꼭 좋은 시는 아니라던 말.

"주로 어떤 시를 쓰십니까?"

"나야 장날에 있었던 사소한 일이나 쓰지. 양반 문장가들이 쓰는 시에 비하면 부끄러울 뿐이네."

천수가 기죽은 표정으로 말했다. 얼마 전까지 금원도 그렇게 생각했다. 내로라하는 문장가들이 쓴 시를 흠모하며 그 흉내를 내려고 했다. 그러나 이제 생각이 바뀌었다. 장날만큼 활기 넘치는 풍경은 없을 것이다. 그곳에서 일어나는 일을 시로 쓴다면 그것이야말로 살아 펄떡이는 시가 아니겠는가.

금원은 삿갓을 만나, 보고 듣고 느낀 것을 천수에게 이야기해 주고 싶었다.

"유람길에서 훌륭한 시인을 만나는 행운이 있었지요. 그분이 말씀하시길, 시는 남의 흉내를 내는 것보다 자기가 보고 느낀 것을 진솔하게 쓰는 것이 좋다고 했습니다."

"정말 그렇게 말씀하셨나?"

천수의 얼굴이 기쁨으로 밝아졌다. 금원은 삿갓의 말을 조금 에둘러 전했다. 그러나 참뜻에서 벗어난 말은 아니었다. '세상에서 일어나는 일을 깊은 눈으로 바라보고 그 속에서 일어나는 불합리한 일을 지적하고, 아픈 이들을 위로하는 시가 좋은 시'라면, 그건 분명 사람살이에서 일어나는 일을 보고 쓰는 것일 터. 천수의 시가 그럴 것이라고 생각했다.

"예. 장날의 풍경이 사소하다 하셨지만, 그렇지 않습니다. 사람살이의 모습이 어떻게 사소한 일이겠습니까?"

"난 누가 내 시를 알아주지 않아도 괜찮네. 그저 시가 좋아서 쓰는 것일 뿐이니까."

천수는 겸연쩍게 머리를 긁적였다.

"그래도 이왕 쓰는 거 세상이 알아주면 더 좋지 않습니까?"

"그러면야 좋지. 그러나 욕심은 부리지 않네. 함께 시를 짓고, 읽어 주는 동인들을 만나는 것만으로도 만족하네."

천수는 정말 다른 욕심은 없는 것 같았다. 천수의 표정으로 충분히 알 수 있었다. 그런 천수의 모습을 보니 금원의 가슴에 잔잔한 파문이 일었다.

'그래, 누가 알아주지 않으면 어때. 좋아하는 벗들과 시를 즐기면 되는 거지.'

잔잔히 퍼져 나가는 파문이 기분 좋게 금원의 몸을 휘감았다.

허물을 벗어던지고

인왕산 어귀에 접어들자 청량한 물소리가 귓속을 파고들었다.

"와! 물소리에 몸과 마음이 다 씻기는 것 같습니다."

금원이 지그시 눈을 감고 물소리를 음미했다.

"그래서 이곳의 이름이 수성동일세. 물소리가 크고 아름답다는 뜻이라네."

천수가 금원의 표정을 보고 흐뭇했는지 친절하게 설명해 주었다. 안쪽으로 조금 더 들어가니 물소리에 섞여 두런거리는 소리가 들렸다. 도포 차림에 챙이 넓지 않은 갓을 쓴 남자들이 계곡을 따라 앉아 있었다. 금원이 놀라 천수를 바라보았다.

"백전에 참가하러 온 사람들이네. 벌써들 자리했구먼."

계곡 중간쯤 올라가자 더 많은 사람이 앉아 있었다. 예닐곱 명씩 무리를 짓거나 홀로 자리를 잡고 조용히 앉아 있는 사람도 있었다.

"그간 잘 지내셨습니까?"

천수는 계곡을 따라 올라가면서 이 사람, 저 사람 인사를 나누느라 허리를 펼 새가 없었다. 그가 얼마나 많은 이들과 교류하고 있는지 보여 주는 증거였다. 때로는 덥석 손을 맞잡고, 때로는 꾸벅 절을 하고, 때로는 등을 툭툭 치면서 어찌나 환하게 웃던지 입가에 주름이 팰 정도였다. 때로는 금원과 함께 왔다는 사실도 잊고 자리에 앉아 태평하게 안부를 나누기도 했다. 금원은 한쪽에 엉거주춤 서서 천수가 빨리 일어나기를 기다릴 뿐이었다.

"허허, 아주 마당발이십니다."

금원은 그런 천수가 부러워 한 소리 했다.

"하하, 미안하구먼. 오랜만에 보는 반가운 얼굴들이라……."

금원은 천수의 서글서글한 인상과 호탕한 성격이 시인 묵객으로는 왠지 어울리지 않는다는 생각이 들었다. 삿갓의 형형한 눈빛과 뭔지 모르게 고독해 보이던 모습이 천수의 얼굴 위로 자꾸 겹쳐 보였다.

"이 많은 사람이 다 백전에 참가합니까?"

계곡을 메운 하얀 도포 물결을 보며 금원이 혀를 내둘렀다.

"암, 여부가 있나. 진짜 많을 때는 수백 명이 모여들 때도 있다네. 그야말로 계곡이 사람 폭포를 이루지."

"수백 명이요? 무슨 과거도 아니고……."

금원은 어이없는 표정을 지었다. 수백 명이 시를 짓고 겨루기 위해 모여든다니 놀라울 따름이었다.

"과거보다 백전이 더 인기 있는지도 모르네. 조선 팔도의 중인 치고 백전에 끼지 못하면 바보 소리를 듣는다는 우스개도 있으니까. 하하하."

"와, 그 정도입니까?"

금원은 빼어난 경치를 보고 탄복은 해 봤지만, 많은 사람이 한자리에 모인 것을 보고 탄복해 보기는 또 처음이었다. 그것도 시를 짓기 위해 모였다니.

금원은 돌아서서 아래쪽을 내려다보았다. 사람 물결이, 아니 시의 물결이 계곡을 가득 메웠다. 수성동 계곡이 은밀한 생기로 콸콸 쏟아져 내리고 있었다.

"그런데 일등은 어떻게 뽑습니까?"

금원은 이 많은 사람의 시를 어떻게 심사할까 궁금했다.

"여러 시회에서 대표가 한 명씩 나와 참가자들의 시를 돌려 가며 읽는다네. 거기서 빼어난 시를 몇 수 골라 관록 있는 분에게 보여 최종적으로 결정한다네. 그렇게 해서 일등으로 뽑힌 시는 참가자들이 베껴 쓰면서 외우지."

천수가 뿌듯한 표정으로 말했다. 그런데 금원은 천수의 말 중에 거슬리는 부분이 있었다.

"관록 있는 분이란 어떤 이를 말하는 겁니까?"

"그야 세상이 인정하는 문장가지."

"세상이 인정하는 문장가란 양반 사대부를 말하는 것인가요?"

"당연하지."

천수가 금원을 빤히 쳐다보았다. 금원의 질문이 뾰족하다고 느낀 모양이었다.

"어째 자네 말에 뼈가 있는 것 같군."

"저는 이해가 안 됩니다. 왜 양반 사대부에게 최종 평가를 받습니까?"

"공정한 평가를 위해서지."

"왜 양반 사대부가 평가의 기준이 되어야 합니까? 처음 시회를 만든 분은 중인 신분이었고, 시를 아주 잘 지었다고 하셨잖습니까? 그래서 많은 이들이 그분을 찾아왔다고요. 그럼 백전의 일등도 시회 안에서 평가해서 뽑아야 맞지 않습니까?"

예상치 못한 금원의 지적에 천수의 얼굴이 굳어졌다.

"흠, 자네 말이 틀린 말은 아니나……."

천수가 뒷말을 흐렸다. 금원은 굳이 듣지 않아도 알 것 같았다. 이 나라 조선은 대대로 양반 사대부가 만들어 가는 세상이니 그들에게 인정받아야 위상을 높일 수 있다는 말일 것이다. 금원은 화가 치밀었다.

그때 저 위 정자에서 어떤 이가 손을 흔들며 천수를 불렀다. 천수가 기다렸다는 듯 마주 손을 흔들며 자리를 피하려고 했다.

"참가 신청을 하라고 부르는군. 자네도 참가해 보겠나?"

"아닙니다."

금원은 조심스럽게 사양했다. 그만한 수준도 안 되고 상황도 여의찮았지만, 무엇보다 심사 부분이 마음에 들지 않았다.

"아, 그럴 텐가?"

천수도 더 권하지 않았다. 신청하고 온 천수가 널찍한 너럭바위를 찾아 자리를 잡았다.

"음, 여기가 좋겠군. 자네는 어쩔 텐가?"

천수가 금원이 마음에 걸리는지 물었다.

"아, 저는 주변을 둘러보겠습니다. 어서 집중해 쓰십시오."

금원은 천수가 시를 짓는 동안 이리저리 돌아다니면서 경치를 즐겼다. 모나지 않고 둥그런 인왕산 봉우리가 넉넉해 보였다. 그 넉넉한 품 안에서 시를 꿈꾸는 사람들이 모여 솜씨를 겨루고 있었다. 그 풍경이 참으로 보기 좋았다. 그런데 이상하게 마음 한 자락이 쓸쓸했다.

'남자들은 맘만 먹으면 이렇듯 아름다운 자연 속에서 시회도 열고 백전에도 참가하는데, 여자들한테는 왜 기회조차 주지 않는 걸까.'

금원은 생각에 잠겼다.

집을 떠난 지 두어 달 가까이 지났다. 꿈에 부풀어 유람길에 올라 세상을 두루 구경했다. 삼 년 묵은 울증도 쑥 내려가게 한다는 의림지에 들렀다가 귀한 인연도 만났다. 노인의 말대로 명승지를 다닐 때마다 기록도 남기고 시도 지었다. 꿈에 그리던 금강산에서는 대자연의 위대함을 보았다. 그 위대함 앞에서 인간의 고민은 젖먹이의 칭얼거림에 지나지 않는다는 깨달음도 얻었다. 조물주는 이 세상에 가장 아름다운 것과 가장 추악한 것을 동시에 만들어 놓았다는 생각이 들었다. 다행히 삿갓을 만나 시가 세상을 아름다운 쪽으로 이끌어 갈 수 있다고 믿게 되었다. 그 증명처럼 지금 한양에 와서 백전이 열리는 모습을 지켜보고 있다.

'충분히 보고 즐겼는데, 뭔가 아쉽고 그리운 이 마음은 뭐지?'

금원은 인왕산 봉우리를 바라보며 한참 생각했다.

길을 따라 내려오던 금원의 눈길이 한 지점에 붙들렸다. 때늦은 산벚꽃이 비탈을 물들이고 있었다. 초록빛을 띠기 시작하는 산을 배경으로 하얗게 핀 산벚꽃이 유난히 아름다웠다.

'늦게 핀 꽃이 더 아름답구나!'

제철을 놓쳤다고 꽃이 안 피는 것은 아니었다. 늦게라도 필 꽃은 피어나고 있었다. 순간 금원의 가슴에 천둥처럼 울리는 소리가 있었다.

'그래, 시회! 우리도 하면 되지. 죽서하고 경춘이하고 시 모임을 여는 거야.'

금원은 벌떡 일어났다. 그 바람에 무릎에 벗어 놓은 바랑이 바닥으로 떨어졌다. 무심코 바랑을 집어 들던 금원은 몸을 더듬었다. 남장한 껍데기 속에 단단히 숨겨 놓은 열네 살 소녀의 몸이 고함을 치는 것 같았다. 칭칭 동여맨 가슴과 꽉 쪼인 발목의 대님이 답답하게 느껴졌다.

'그래, 이제 허물을 벗어 버리자. 오래전부터 품어 온 소원을 이루었고, 진짜 나를 찾았으니 이제 그만 허물을 벗고 나비가 되어 날아오르자!'

금원은 서둘러 천수에게 작별을 고하고 인왕산 계곡을 내려왔다. 한시바삐 집으로 걸음을 재촉했다.

'하늘에서 받은 성품은 애당초 남녀의 차이가 없으니 여자로 태어나 성인의 경지에 이르기 위해 노력하지 않는 이는 자포자기한 사람이다.'

금원은 집으로 가는 길에 윤지당 부인의 말씀을 몇 번이고 되뇌었다.

'내게 주어진 생이 아무리 억울하고 불운하다 해도 내 삶의 주인은 나다. 아버지도 어머니도 나라님도 아닌 바로 나 김금원이다. 내가 부딪치고, 감수해야 할 내 소중한 인생. 절대 포기하지 않을 것이다. 죽서야, 우리 시회를 만들자. 시를 지으며 평생 함께하는 벗이 되자꾸나.'

금원은 벅차오르는 감정을 누를 길 없어 몇 번이나 크게 심호흡했다.

저 멀리 집 앞 고샅이 보였다.

고삐 풀린 망아지처럼 뛰쳐나온 고샅길을 지나 대문을 열고 집으로 들어섰다. 떠날 때 만개했던 매화는 지고 없지만 익숙한 집 냄새에 금원은 코를 큼큼거렸다.

어머니가 버선발로 뛰어나왔다.

"에구, 무사히 돌아왔구나. 어디 보자. 딴사람이 된 것 같구나. 그새 어린 티가 다 가셨구나."

어머니가 금원을 부둥켜안고 눈물을 쏟았다.

"언니 맞아? 허, 오라버니인 줄……."

경춘이 금원을 앞뒤로 훑어보며 농을 걸었다.

역시 집에 오니 좋았다. 그런데 집이 작아 보였다. 마당도 마루도 방도 작아진 것처럼 보였다. 두어 달 지났을 뿐인데 자신을 둘러싼 세상이 많이 다르게 보였다.

여독 때문이기도 하지만 긴장이 풀린 탓에 사흘 밤낮을 끙끙 앓았다. 사흘 뒤에는 거짓말처럼 몸과 마음이 가벼워졌다.

금원은 앓아누운 사이, 경춘을 시켜 죽서에게 서찰을 보냈다. 긴히 할 얘기가 있어 며칠 뒤에 찾아가겠다고 했다. 금원은 자리를 털고 일어나자 경춘을 데리고 죽서에게 갔다.

"어서 와, 좋아 보이는구나. 그래, 잘 다녀왔어?"

"응, 너무 좋았어. 너도 함께 갔으면 좋았을 텐데."

금원은 그새 더 야윈 죽서를 보자 마음이 아팠다.

"근데 긴히 할 이야기라는 게 뭐야? 궁금해서 죽을 뻔했어."

죽서가 하얀 이를 드러내 보이며 웃었다. 죽서는 웃는 모습이 너무나 예쁘다.

"글쎄, 언니가 나한테도 안 알려 주지 뭐야. 죽서 언니랑 같이 들어야 한다면서."

셋은 방으로 들어가 앉았다. 죽서와 경춘은 금원의 입만 쳐다보았다. 금원은 두 사람이 궁금해하는 모습이 재미있어 웃음이 나왔다.

"경춘아! 금원이가 지금 우리 놀리는 거 아니니?"

죽서가 경춘을 보며 말했다.

"그러게, 언니가 유람을 다녀오더니 좀 이상해지긴 했어. 멀쩡한 집을 두고 집이 작아진 것 같다고 하질 않나, 혼자서 실실 웃기도 하고."

금원은 웃음기를 걷고 정색하는 표정을 지었다. 죽서와 경춘이 긴장한 채 금원을 바라보았다. 이윽고 금원이 입을 열었다.

"시회를 만들자, 우리 셋이서."

"시회?"

죽서와 경춘이 눈을 동그랗게 뜨고 쳐다보았다. 금원은 한양에서 본 백전에 대해 이야기했다. 죽서는 전에 한양에 사는 사촌 오라버니에게 들었던 터라 호기심을 보였다.

"여자도 그런 걸 할 수 있을까?"

경춘은 어려서 그런지 부담스러워했다.

"왜 안 돼? 남자만 시를 쓰란 법 있어? 우리도 계속 시를 써 왔
잖아. 다만 좀 더 자주 만나면서 계획적으로 써 보자는 거야. 우
리 이름을 걸고 말이야."

금원이 경춘을 설득했다.

"그래, 우리 한번 해 보자. 중인들이 주인공이 되어 백전을 열었
듯이 우리도 할 수 있어. 이번에 금원이가 금강산 유람을 다녀온
걸 보고 나도 느낀 바가 커. 뒷전에서 신세 한탄만 하지 말고, 우
리 세상을 만들어 보는 거야."

죽서도 경춘에게 힘을 실어 주었다. 금원은 죽서를 흐뭇하게 바
라보았다.

"좋아, 하자. 언니들하고 하면 뭐든 할 수 있을 것 같아."

드디어 경춘이 자신감을 얻었다. 금원은 죽서와 경춘의 손을
잡고 말했다.

"우리 평생 이렇게 가까이서 시를 쓰며 살자. 누가 알아주지 않
아도 우리만의 시를 쓰는 거야. 그렇게 쓴 시를 모아 문집도 만들
어 보고."

손을 맞잡은 세 소녀의 가슴속에서 둥둥 북소리가 울렸다.

작가의 말

담장 밖 너른 세상을 꿈꾸다

우리가 여행하는 이유는 무엇일까? 여행을 즐기고 늘 여행을 꿈꾸며 살지만 왜 여행하는지를 깊이 생각해 보지 않았다. 그저 일상을 벗어난다는 즐거움에 설레며 집을 나섰다. 그런데 그토록 벗어나고 싶던 일상을 떠나 여행하고 돌아올 때마다 역이나 공항에서 내가 사는 곳의 지명을 보면 그렇게 반가울 수가 없다. 마음이 편안해진다. 그런데도 왜 자꾸 여행을 꿈꾸는 걸까? 어느 날 문득 깨달았다. 여행은 일상을 탈출하는 게 목적이 아니라 잘 돌아와 다시 일상을 살아가기 위해 필요하다는 것을. 복잡한 상황과 관계 속에 놓인 생활인인 나는 쉽게 지치고 무뎌져 본래의 내모습을 잃어버리기 쉽다. 그럴 때 여행이 필요하다. 낯선 장소, 낯선 사람들을 만나면서 활력을 얻고, 온전한 내 모습을 찾아 일상으로 잘 돌아오기 위해 여행하는 것이다.

그런 여행을 멋지게 해낸 인물이 있다. 여성이라는 이유로 사회적 활동이 제한되고 억압당했던 조선 시대 여인 김금원이다. 그는 여성만으로 구성된 시 모임 '삼호정시사'를 만들어 시를 짓고 문집까지 냈다. 금원을 비롯한 '삼호정시사' 여인들은 오롯이 자신들만의 힘으로 시 모임을 꾸려 나갔다. 그런데 이보다 더 놀라운 것은 금원이 열네 살에 남장하고 홀로 금강산을 여행했다는 점이다.

 어떻게 그런 용기를 냈을까 궁금한 동시에 자연스럽게 나의 열네 살 시절이 떠올랐다. 나는 그때 뭘 했지? 열네 살이면 중학교에 입학했을 터, 소녀티를 내고 싶어 이해하기도 어려운 고전 작품을 읽으면서 폼을 잡았다. 그런데 금원은 그 나이에 남자들도 하기 어려운 금강산 여행을 혼자서 해냈다니 놀라지 않을 수 없었다. 금원은 어렵게 부모님의 허락을 얻어 여행길에 올랐다. 왜 그렇게 여행이 간절했을까? 열네 살 금원에겐 남다른 사연이 있었다.

 조선 시대에는 열다섯 살이 되면 남자는 관례에 따라 상투를

틀어 올리고, 여자는 계례에 따라 쪽을 찌고 비녀를 꽂는 의식을 치렀다. 양반인 아버지와 기녀 출신인 어머니 사이에서 태어난 금원은, 내년이면 어머니의 신분에 따라야 하는 종모법에 따라 기녀가 되든지 양반의 소실로 가야 하는 운명이었다. 얼마나 억울하고 답답했을까. 금원은 운명이 등 떠미는 대로 살기엔 자신을 너무나 사랑했다. 나라의 법을 바꿀 순 없지만 운명에 등 떠밀린 채 흘러가고 싶진 않았다. 그동안 책을 통해 배운 세상의 이치와 다른 사람들이 사는 모습을 보고 난 뒤 자기 삶을 선택하고 싶었다.

당찬 소녀 금원이 계획한 여행은 단순한 여행이 아니었다. 강원도 원주에서 시작해 제천 의림지를 거쳐 금강산과 관동 팔경을 두루 돌아 설악산과 한양까지 1,000킬로미터에 이르는 여정이었다. 교통이 발달한 오늘날에도 쉽지 않은 도전이다. 그리고 이십 년 뒤 《호동서락기湖東西洛記》를 썼다. 자신이 여행한 충청도 호서 지방의 '호', 금강산과 관동 팔경의 '동', 평양과 의주 등 관서 지방의 '서', 한양(낙양)의 '낙' 자를 따서 책 이름을 지었다.

《담장을 넘은 소녀》는《호동서락기》를 바탕으로, 열네 살 금원이 여행길에서 만난 자연 풍경과 혹시 만났을지도 모를 인물들을 나름대로 그려 보면서 썼다. 동시대 인물들과의 만남을 통해 훗날 시인으로서 금원의 예술적 바탕이 되었을 이야기를 상상하면서 글을 쓰는 내내 무척 즐거웠다.

금원이 살았던 당시와 지금은 매우 다르다. 신분제 사회도 아니고, 터무니없는 여성 차별도 없다. 그러나 그때나 지금이나 변함없는 건, 열네 살이면 '나'라는 존재를 느끼기 시작하는 시기라는 것이다. 그 시기를 '사춘기'라는 단어로 뭉뚱그려 버리기도 하지만 청소년들에겐 참으로 복잡하기 이를 데 없는 생의 격동기다. 문득 혼자 있고 싶어지고, 쓸데없이 고민이 많아지고, 이유 없이 우울해지다가 또 이유 없이 기운이 넘쳐 어쩔 줄 모르겠는 시기. 하지만 청소년기에는 그 무엇도 못 할 것이 없고, 그 어떤 꿈도 못 꿀 것이 없다.

지금 우리 청소년들은 꽉 짜인 일상에 갇혀 자신을 돌볼 겨를이 없다. 그러나 조선 시대 여성으로서 감히 꿈꿀 수 없었던 금강산 여행을 계획하고 실현해 낸 금원처럼, 불가능할 것 같은 목표에도 도전해 보라고 권하고 싶다. '못 올라갈 나무는 쳐다보지 말라'는 속담 같은 건 내던져 버리고, 나무의 정수리를 쳐다보기를 바란다. 그곳엔 파릇파릇 돋아날 새싹의 기운이 충만할 것이다.

2022년 가을
김미승

오늘의
청소년
문학
37

다른 포스트

뉴스레터 구독신청

담장을 넘은 소녀

초판 1쇄 2022년 10월 31일
초판 2쇄 2023년 6월 25일

지은이 김미승

펴낸이 김한청
기획편집 원경은 차언조 양희우 유자영 김병수 장주희
마케팅 박태준 현승원
디자인 이성아 박다애
운영 최원준 설채린

펴낸곳 도서출판 다른
출판등록 2004년 9월 2일 제2013-000194호
주소 서울시 마포구 양화로 64 서교제일빌딩 902호
전화 02-3143-6478 팩스 02-3143-6479 이메일 khc15968@hanmail.net
블로그 blog.naver.com/darun_pub 인스타그램 @darunpublishers

ISBN 979-11-5633-508-5 44810
      978-89-92711-57-9 (세트)

• 이 책은 광주광역시 광주문화재단의 지역문화예술특성화지원사업으로 지원 받아 제작되었습니다.